ET MES YEUX SE SONT FERMÉS

Hors-série
Sous la direction de Natalie Beunat

ISBN : 978-2-74-852059-0

25, avenue Pierre-de-Coubertin, 75013 Paris

PATRICK BARD

ET MES YEUX SE SONT FERMÉS

SYROS

Ce que les masses refusent de reconnaître, c'est le caractère fortuit dans lequel baigne la réalité. Elles sont prédisposées à toutes les idéologies parce que celles-ci expliquent les faits comme étant de simples exemples de lois, et éliminent les coïncidences en inventant un pouvoir suprême et universel qui est censé être à l'origine de tous les accidents. La propagande totalitaire fleurit dans cette fuite de la réalité vers la fiction, de la coïncidence vers la cohérence.

Hannah Arendt, *Les Origines du totalitarisme*
(tome 3 : *Le Système totalitaire*), Seuil, 1972

MAËLLE

Banlieue du Mans, septembre 2014

Parfois, je me demande si je ne suis pas morte. Mais non, je suis vivante, et le bébé qui bouge dans mon ventre est là pour me le rappeler. Je suis vivante, et Redouane est mort. Par la fenêtre, j'aperçois le jardin de notre pavillon, avec ses géraniums, sa pelouse tondue bien ras, son parterre de rosiers fanés. Notre maison ressemble à s'y méprendre à celle de nos voisins de droite et à celle de nos voisins de gauche. Heureusement qu'il y a des numéros sur les portes pour s'y retrouver.

Je contemple cette chambre irréelle. La zone plus claire sur les murs, à l'emplacement des posters de

Beyoncé qu'une adolescente que je ne reconnais plus a arrachés.

J'ai envie de sortir. Je n'ai pas le droit. Pas encore. Sauf pour pointer. Matin, midi et soir.

Je longe l'avenue des Tilleuls, je passe devant le marchand de motoculteurs, le gymnase, le magasin de bricolage, la boulangerie, le Café des sports. La gendarmerie, enfin, où je signe ma feuille de présence, matin, midi et soir, soir et matin et midi.

Après ça, je refais le chemin en sens inverse et je rentre.

L'idée que j'ai été manipulée, c'est ça le plus dur à avaler. Des fois, j'ai envie d'aller sur Facebook, de parler avec mes sœurs pour me rassurer. On faisait ça tout le temps, elles m'entouraient vraiment beaucoup. Mais Maman a coupé ma connexion Internet et je n'ai même plus droit au portable. Confisqué. Je ne me suis jamais sentie aussi seule. Elle ne comprend pas que Maëlle ne reviendra jamais, que je demeurerai Ayat, que c'est pour toujours, à présent. Elle ne comprend pas que, même après tout ça, je porte encore un foulard – à peine un *hijab* ! – et que je ne mange plus de porc. L'autre jour, elle m'a surprise à genoux, en prière sur le tapis. Elle s'est mise à hurler que j'étais de nouveau avec eux. Elle a appelé les gens de la cellule de désembrigadement, mais même eux n'ont pas réussi à la rassurer. Pour finir, sur les conseils de Papa, Maman a démonté la porte de ma chambre pour pouvoir me surveiller nuit et jour. Il faut bien qu'elle dorme, pourtant.

Heureusement, quand je me réveille pour *Fajr*, la prière du matin, vers quatre heures, il n'y a personne pour m'espionner. C'est beaucoup mieux comme ça. Qu'est-ce qu'ils croient ? Je sais bien ce qui m'est arrivé.

Si seulement ils pouvaient me laisser souffler, au lieu de m'étouffer comme ça.

Ils voudraient me renvoyer dans leurs bras qu'ils ne s'y prendraient pas autrement.

Ils ne m'autorisent même pas un rideau. Ils ne veulent pas admettre que la religion m'aide. Que j'en ai besoin pour continuer à avancer, que la prière est la seule chose à laquelle je puisse me raccrocher. Maman est athée, elle ne peut pas comprendre. Je lui pardonne, parce que je sais à quel point elle m'aime. Maintenant que mon bébé va naître, je commence à sentir combien cet amour-là est puissant. Il lui en a fallu, de l'amour, pour aller me chercher là-bas, en Turquie. Et même après, quand on est rentrées. Jamais je n'oublierai le regard qu'elle m'a jeté quand la police m'a arrêtée à Roissy.

Des fois, je ne sais plus où j'en suis. J'y retournerais, même, si je pouvais. J'ai le sentiment qu'on m'y comprendrait mieux. Je me dis encore qu'après tout c'est eux qui ont raison, que c'est ici qu'on me ment. S'ils n'avaient pas tué Redouane, je serais peut-être repartie. Avec lui. Ou pas. Allez savoir.

Son absence a laissé un grand vide à l'intérieur de moi, un vide que le bébé ne parvient pas à combler. Je parle souvent à Redouane, même si je sais bien qu'il est mort. J'espère qu'il est au paradis. Je ne peux pas croire qu'il soit allé en enfer. Redouane n'était pas un traître. Et encore moins un mécréant. C'était juste un doux. C'est pour ça qu'ils l'ont tué. Heureusement, je parle aussi à la petite fille dans mon ventre. Plus que quatre mois avant l'accouchement. Je ne suis pas rassurée, quand j'y pense. L'automne sera passé, et elle sera déjà là. Et moi, j'aurai fêté mes dix-sept ans, à ce moment-là. « Fêté », c'est une façon de parler.

Je suis veuve, deux fois veuve, et je n'ai que seize ans. Mon premier mari a été pulvérisé par une roquette avant que j'aie eu le temps de le rencontrer. Ils ont tué le second quand nous avons fui la Syrie ensemble.

On n'avait pas dormi du tout, cette nuit-là. On avait passé et repassé notre plan en revue jusqu'à en avoir mal à la tête. Enfin, on s'est levés vers six heures, le plus doucement possible. Les frères dormaient dans la pièce d'à côté. Il ne fallait surtout pas les réveiller. Redouane a posé sa kalach sur le lit. Il l'a laissée, exprès. On préparait notre coup depuis quinze jours. On est sortis de Raqqa comme si de rien n'était, à pied. Moi en *niqab*, lui en *kamis*, avec sa belle barbe longue. Aux barrages, autour de la ville, les frères nous ont laissés passer. Ils étaient habitués à nous voir.

Redouane avait repéré un vieux commerçant syrien qui allait en Turquie tous les samedis avec son camion de marchandises. Il l'a payé. L'homme nous a fait monter à l'arrière. De Raqqa jusqu'à la frontière, il y a huit heures de route. À chaque fois qu'on s'arrêtait, je regardais en tremblant à travers un petit trou dans la bâche. Je ne pouvais même plus respirer. Les gardes avaient dû le contrôler souvent, au début, le vieux assis derrière son volant, avant de relâcher leur vigilance. À présent, ils ne faisaient même plus attention à lui. Ils continuaient leur conversation sans le regarder, lui adressant juste un signe nonchalant, comme pour dire : « Vas-y, passe ! »

Avec Redouane, on se tenait par la main, on baissait la tête, évitant soigneusement de se regarder pour ne pas voir la peur dans les yeux de l'autre. On savait bien qu'on les trahissait. On n'était pas fiers de nous. Pour finir, le vieux a quitté la route et nous a conduits sur un petit chemin tranquille. Il y avait un bois, tout près de là. C'est à peine s'il a freiné. Il a juste crié : « C'est maintenant, allez-y, foncez, vite ! Ne vous arrêtez surtout pas, sinon les frères vont vous repérer et vous rattraper. » À trois cents mètres, c'était la forêt, la route vers la frontière. On a pratiquement sauté en marche et on s'est élancés. J'ai entendu les cris presque tout de suite. Je ne comprenais pas bien ce qu'ils disaient, parce que mon arabe n'est pas très bon et qu'ils étaient encore loin quand ils ont commencé à tirer. Mais j'ai bien reconnu le tactactac caractéristique des AK-47. On était presque arrivés au bois quand Redouane a poussé un cri. Je me suis retournée et je l'ai vu, couché sur le ventre. Il se tenait le flanc d'une main. Il a redressé la tête, il était tout pâle. Derrière, à cent cinquante mètres, j'ai aperçu les frères qui arrivaient en courant.

J'ai fait demi-tour. Je voulais l'aider, le porter jusqu'au bois.

– Non ! On n'a plus le temps ! Cours ! Va-t'en ! Je t'en supplie ! m'a lancé Redouane.

Impossible, j'étais comme clouée sur place.

– Sauve-toi ! Fais-le pour le bébé ! Je t'en prie, vite !

Je ne pouvais tout simplement pas l'abandonner, c'était impossible. Je ne savais pas quoi faire, à part rester plantée là comme une gourde. Mais dès qu'il a parlé de notre enfant, ça m'a réveillée. Je savais ce qu'ils faisaient aux déserteurs. Ils les décapitaient. Je savais aussi que nous étions de plus en plus nombreux à fuir, qu'une brigade venait même d'être créée spécialement pour les gens comme nous. Ce qui s'est passé ensuite est encore flou dans ma tête. C'est comme si quelqu'un avait agi à ma place. Je me suis détournée, j'ai foncé droit devant, sans réfléchir. Je ne voyais plus rien, les larmes coulaient sur mon visage, elles m'aveuglaient, j'étouffais sous mon *niqab*. Les plis du tissu s'accrochaient aux branches. Je ne sais même pas comment j'ai réussi à l'enlever sans m'arrêter ni me prendre les pieds dedans. Je l'ai roulé en boule, je l'ai coincé sous mon bras. Je savais que j'en aurais besoin, plus tard. Ils ont recommencé à tirer. J'ai toujours été une très bonne sprinteuse à la gym, et le hand, je vous dis pas ! J'ai atteint le bois en trois enjambées. Je jure que mes jambes pompaient comme les pistons d'un moteur. Je ne pouvais pas m'arrêter de courir. Je me suis souvenue de mes cours de SVT, quand la prof nous avait expliqué le rôle de l'adrénaline. J'ai compris que ma peur m'aidait. J'entendais des branches craquer dans mon dos. Je savais que les frères étaient alourdis par leurs armes, leurs cartouchières, et que je courais forcément plus vite qu'eux. Ils continuaient à tirer, à l'aveugle. Au bout d'un moment, ils ont lâché l'affaire. Je les ai entendus parler entre eux. Puis plus rien. Ils étaient sans doute retournés chercher Redouane.

J'espérais qu'il était déjà mort. Je ne voulais pas penser à ce qu'ils allaient lui faire.

Ça a été chaud, pour passer la frontière. Il y avait des gardes partout. J'ai mis plus de quatre heures, j'ai failli me faire tirer dessus à nouveau parce que des militaires turcs m'avaient repérée. Mais j'ai quand même traversé et j'ai fini par arriver jusqu'à Urfa, à pied. J'avais renfilé mon *niqab* déchiré, tout poussiéreux.

Les frères mettaient la tête des déserteurs à prix. Même en Turquie, ils pouvaient me retrouver. Il ne fallait pas traîner. J'ai appelé Maman avec le portable qu'on avait réussi à emporter. Je savais qu'elle nous attendait, pas loin. En entendant sa voix, je me suis effondrée. J'ai pensé à la famille de Redouane, là-bas, en France. Ils allaient être bien malheureux.

C'est la fois où les roquettes de la coalition sont tombées sur la maison qu'on a vraiment décidé de partir. Pour le bébé. Tout avait bien commencé, pourtant. Nous avions été accueillis. N'allez pas vous imaginer qu'on croupissait au milieu des ruines, des têtes coupées, des crucifiés. Pas au début, du moins. Il n'y avait pas la guerre partout, bien au contraire. Les gens étaient contents d'être délivrés des soldats d'Assad, des bombardements de l'aviation. On vivait normalement. Entre nous. Nous étions nombreux, il y avait même une revue en français qui circulait parmi nous. Redouane m'emmenait au marché, on faisait des courses. On regardait des films. On voulait visiter le *Shâm*, le pays de Dieu sur Terre, fouler le sol des origines. Alors on a loué une voiture et on s'est baladés tout le long de l'Euphrate. C'était vraiment très beau, il faisait chaud, il y avait du soleil. On avait l'impression d'être en vacances. Je regardais Redouane jouer au foot avec des gamins. Il était tellement beau avec son treillis et son bandeau noir autour de la tête. On a visité l'Irak, aussi. On a fait plein de selfies. J'aimerais bien les avoir encore, mais la police a saisi mon téléphone. Je n'ai même plus une photo de lui. Par contre, là où on a été déçus, c'est côté religion. Surtout moi, qui n'avais jamais fréquenté de mosquée ni lu le Coran ou fait le ramadan. Redouane, lui, encore, il avait reçu une éducation musulmane...

Quand on est rentrés de nos « vacances », Raqqa était devenue la cible des tirs des *kouffar*, des infidèles. Nous former à la religion n'était plus la priorité des frères. On s'est sentis livrés à nous-mêmes. Ils nous faisaient déménager tout le temps. Au début, la maison où on habitait n'était pas trop mal. Mais ils nous ont fait bouger de là, parce qu'un imam connu avait besoin de place pour toutes ses femmes. On s'est retrouvés dans un logement crasseux, immonde, entassés avec d'autres, qui venaient de Bretagne et de Grenoble, et aussi de la banlieue de Bruxelles. Il n'y avait pas de porte, pas d'eau, seulement cinq heures d'électricité par jour. Il fallait monter des bidons dans les étages.

J'avais imaginé que tout était pris en charge financièrement, mais pas du tout. Redouane n'avait aucune expérience militaire. Ils lui avaient juste donné un uniforme. L'arme, il avait fallu la payer, mille trois cents euros, et puis les balles aussi. Heureusement qu'avant de partir il avait pris un crédit chez Cetelem. « La vie de ma mère, il disait en riant, ils sont pas près de la revoir, la thune ! » Ceux qui vont au front, qui rejoignent la *katiba*, on leur donne les balles, mais les autres doivent payer, et c'est un euro la balle. L'argent est vite devenu un problème. Sur Internet, ils avaient pourtant promis à Redouane : « Viens, t'inquiète pas, on gère », mais en fait ils géraient rien du tout et il fallait se débrouiller tout le temps. On a vite été à sec et on n'a pas tardé à comprendre qu'on ne valait pas grand-chose pour eux, qu'on était comme des prises de guerre. On était précieux parce qu'on était des étrangers, des Occidentaux, pas parce qu'on était des combattants. De toute façon, Redouane était bien content de ne pas se battre. Comme j'étais enceinte, il ne voulait pas me quitter, il préférait rester avec moi. « Vingt-quatre sur vingt-quatre », il disait.

Redouane n'était pas comme les autres. Il était tendre. Les hommes qui ne combattaient pas étaient nombreux à s'occuper des choses du quotidien, l'entretien des 4 × 4 par exemple. Redouane touchait un petit pécule pour ça. Il y avait aussi la blanchisserie, pour les femmes. C'est là qu'ils m'avaient mise, avec Amina. Ma sœur. J'ai fait la route jusqu'à Gaziantep avec elle, quand je suis partie de chez moi. Elle aussi était de la banlieue du Mans. Qu'est-ce qu'on a rigolé, toutes les deux !

À Raqqa, je lisais le Coran, j'essayais d'étudier comme je pouvais, je priais beaucoup. Je refusais de douter. Je trouvais toujours des excuses aux frères, aux sœurs, même quand notre situation se dégradait. Redouane a commencé à dire qu'au *Shâm*, au fond, ça marchait comme partout ailleurs. Au piston. Tu es connu, on te donne ce que tu veux. Sinon, tu te contentes de ce que tu reçois. Ça le soûlait. Moi, je n'étais pas vraiment d'accord avec lui. On a commencé à se disputer. Je lui disais qu'il n'était pas un bon musulman. Qu'il ne prenait rien de tout ça au sérieux.

C'est pourtant vrai qu'il aimait plaisanter. Mais à ce moment-là, je ne le trouvais plus drôle du tout. Je lui reprochais de ne pas prier assez, de regarder des films qu'il n'aurait pas dû regarder. Même, il lui arrivait d'écouter de la musique. Ce n'était pas bien.

Quand les *kouffar* se sont mis à nous bombarder, les frères sont devenus de plus en plus méfiants. Ils voyaient des traîtres partout. Et puis il y avait les exécutions publiques. Les têtes coupées ont commencé à faire partie du décor. Jamais je n'oublierai le visage de ce jeune qu'ils avaient tué parce qu'il avait été pris en train de manger une glace pendant le ramadan. Il n'avait que quatorze ans ! C'est là que j'ai eu mes premiers vrais doutes. La *charia*, moi je veux bien, les mains coupées des voleurs, tout ça, mais lui, c'était jamais qu'un gosse. Le pire, ça a été quand ils ont tué le pilote jordanien qu'ils avaient capturé, qu'ils l'ont brûlé vif dans sa cage. Ils ont tout filmé et, après, ça passait en boucle sur Internet. Redouane m'a dit qu'il avait regardé dans le Coran et que le feu était un châtiment que seul Allah, loué soit son nom, pouvait administrer. Il m'a demandé pour qui ils se prenaient, pour se mettre à la place de Dieu, comme ça. Je lui ai répondu qu'il avait dû se tromper, que les frères, et encore moins les imams, n'auraient jamais pu blasphémer. On s'est engueulés ce jour-là comme plus jamais ensuite. Je l'ai traité d'impie, d'apostat ! Je dois avouer que j'ai même pensé un moment à le dénoncer. Je ne reconnaissais plus celui qui m'avait tant chanté les louanges du *Shâm*. En fin de compte, j'aurais peut-être fini par alerter la police secrète, si je n'avais pas porté son enfant. C'est ça qui m'a retenue, je pense. Je voulais qu'on l'élève dans l'amour, le respect et la crainte du Très-Haut, loué soit son nom. Je voulais que Redouane change. Il n'en prenait pas le chemin, loin de là. Tout pour se faire remarquer ! C'est comme l'uniforme, le *kamis*. Au début, il était très fier de le porter. Mais après, il en a eu vite marre, surtout qu'il n'avait jamais eu l'occasion de se servir de sa kalach, à part pour poser avec quand on faisait des photos tous les deux ! Du coup, il n'a pas tardé à recommencer à frimer avec des vêtements « à la française » qu'il avait gardés de son arrivée : baskets, bonnet, maillot de l'OM et pantalon de jogging. J'avais beau le lui reprocher, pas moyen de le faire changer d'avis. Sa famille lui manquait. Il leur téléphonait souvent là-bas, à Chartres.

Au début, il arrivait à se faire envoyer cent euros par-ci, cent euros par-là, par Western Union, et chaque fois qu'il passait en Turquie, il allait chercher les sous. Même dans la rue, il appelait sa mère pour donner des nouvelles. Il ne pouvait pas s'empêcher de se la jouer, avec elle. Il en rajoutait sur le mode : « Tout va bien, c'est génial ici, ne croyez pas ce que les médias vous racontent », toujours en parlant super fort. Les frères se moquaient ouvertement de lui à cause de son look et aussi du fait qu'il n'était pas un combattant. Ils le traitaient de frimeur, de bouffon des quartiers. Je lui disais qu'il devrait faire plus attention, être plus respectueux, ne pas s'afficher comme ça. Mais il ne m'écoutait pas. Il aurait dû, pourtant. Parce qu'ils ont fini par l'arrêter. Ils ont débarqué au garage où il faisait les vidanges des 4 × 4 et ils l'ont emmené pour l'interroger. Quand je ne l'ai pas vu rentrer, le soir, je me suis doutée de quelque chose. J'ai appris la vérité grâce à Amina. Son mari est dans la police secrète. Elle connaissait tout sur tout. Je ne sais pas maintenant, mais à l'époque elle habitait dans une belle maison, une villa de luxe. Ils ont gardé Redouane deux semaines. Je ne pensais plus aux frères, je ne pensais plus qu'à lui. Je priais jour et nuit pour qu'ils le relâchent. C'est là que j'ai réalisé combien il me manquait. Il est rentré très amaigri, il avait mauvaise mine. Le soir, quand il s'est déshabillé, j'ai vu qu'il avait le flanc tout couvert de bleus. Il m'a avoué qu'ils l'avaient battu. Ils avaient fini par le laisser partir parce qu'ils n'avaient rien de précis contre lui. Moi je crois que, sur l'oreiller, Amina m'a donné un bon coup de main et que son mari est intervenu pour faire libérer Redouane. Sinon, ils l'auraient tué, comme les autres.

Après ça, ils ont quand même diminué sa solde de moitié et il n'est plus retourné au garage. Ils lui ont fait monter la garde devant un entrepôt de matériaux en bâtiment, en plein soleil, toute la journée. On n'avait plus beaucoup d'argent pour vivre. Il faisait très froid, la nuit. On dormait tous à même le sol. C'est là que les roquettes nous sont tombées dessus, qu'elles ont explosé à cinq mètres de nous. Je ne sais toujours pas pourquoi on n'est pas morts. Tous les autres ont été tués. On a été les seuls survivants. Quand on s'est levés, couverts de poussière, je n'entendais plus qu'un bourdonnement continu dans mes oreilles, à cause de la détonation. Le jour entrait par un mur effondré. Je sentais venir la crise d'asthme. J'ai commencé à suffoquer, à paniquer, je ne trouvais plus ma ventoline au beau milieu des décombres et je me suis dit que j'allais mourir, et mon bébé aussi. Soudain, j'ai vu le spray par terre, juste à côté d'un vase brisé. Je n'ai toujours aucune idée de la façon dont il était arrivé là. Une fois que j'ai pu reprendre mon souffle, avec Redouane, on s'est tâtés mutuellement pour s'assurer qu'on allait bien, qu'on n'avait pas été touchés. Et puis on a vu les autres, tous couchés par terre, immobiles, les yeux fermés, blancs comme des statues, à moitié couverts de gravats. Morts. Redouane m'a regardée. Ses yeux fous roulaient dans ses orbites, un peu de sang lui coulait d'une oreille et ruisselait sur sa joue crayeuse. Après coup, il m'a avoué que c'était là qu'il avait réalisé : sa priorité n'était pas, n'était plus de mourir en martyr. Il voulait voir naître son enfant. Le voir grandir.

Moi je ne savais plus quoi penser. J'avais l'impression de devenir folle.

Jusqu'à ce matin-là, si Redouane avait réussi à s'inscrire comme volontaire pour mourir en *chahid*, en martyr, j'aurais été super fière de lui. Mais là, j'étais tellement contente qu'il soit vivant !

Le Très-Haut nous avait épargnés, *hamdoulillah*. Il n'avait pas voulu que nous mourions tous les trois sous les bombes. Je me suis dit qu'il devait avoir une bonne raison. Et pour la première fois depuis mon départ de France, j'ai eu envie d'appeler Maman.

AÏCHA

Quand Céline Le Bihan a frappé à ma porte pour la première fois, en juin dernier, elle venait de recevoir un coup de fil de sa fille. Le premier depuis son départ pour la Syrie. Je pense encore, je penserai toujours que ce qui s'est passé ce jour-là était involontaire. Que Céline ne l'a pas fait exprès. Le téléphone a sonné, elle était dans sa cuisine, les mains dans la farine, occupée à préparer une tarte aux pommes. C'est tout bête, une tarte aux pommes. C'est pourtant cette tarte aux pommes qui a ramené Maëlle à la maison.

Céline ne s'attendait tellement pas à recevoir cet appel qu'elle n'a pas compris tout de suite qui lui parlait. Elle s'est essuyé les mains, a décroché, puis elle a entendu une voix à l'autre bout de la ligne demander : « Maman ? »

Elle a mis la main devant sa bouche, s'est appuyée contre le rebord de son plan de travail pour ne pas tomber – c'est elle qui m'a raconté ça –, puis elle a dit :

– Maëlle ?

– Non, Maman, c'est Ayat.

Céline ne l'a pas contredite. Elle a bien fait. Elle avait compris – un peu trop tard – que ça ne servait à rien de tenter de raisonner sa fille. Elle en avait fait l'amère expérience à de trop nombreuses reprises. Elle a simplement posé la question que toutes les mères auraient posée à sa place :

– Comment vas-tu ?

Ça a été comme si elle avait ouvert les vannes d'un barrage. Maëlle a commencé par lui dire que tout allait bien, qu'il ne fallait pas croire ce que racontait la télé, que les bombardements n'étaient pas si terribles, que les roquettes tombaient si loin qu'elle s'en rendait à peine compte, qu'elle ne regrettait pas du tout d'être allée au *Shâm*, qu'elle était en sécurité, que ces histoires de têtes coupées, après tout, c'était comme la France au temps de la guillotine, qu'il y avait des bons et des méchants, comme partout, et qu'il fallait bien punir les méchants. Elle ne pouvait plus s'arrêter de parler. La communication n'était pas très bonne. Par moments, la voix de Maëlle était hachée. Céline ne l'a pas interrompue dans sa diarrhée verbale, elle a juste attendu que le flot se calme tout seul. Le silence a fini par s'installer. À l'autre bout de la ligne, Céline distinguait l'appel d'un muezzin.

Maëlle a demandé :

– Tu fais quoi ?

– J'étais en train de préparer une tarte aux pommes.

Il y a eu un nouveau silence. Puis Maëlle a encore demandé :

– Avec de la cannelle ?

– Oui, avec de la cannelle. Et des boules de glace à la vanille.

C'était le dessert préféré de Maëlle, depuis sa toute petite enfance. Céline a entendu sa fille renifler.

Elle a compris qu'elle pleurait, là-bas, loin. Elle a laissé les larmes couler, les siennes et celles de sa fille, sans rien dire, serrant de toutes ses forces le combiné comme si ce geste avait pu empêcher Maëlle de raccrocher. Elle est restée là à regarder ses phalanges blanchir. Enfin, Maëlle a annoncé d'une voix beaucoup plus calme :

– Maman, je suis mariée, tu sais. J'attends un bébé, *hamdoulillah*.

Céline a respiré à fond avant de questionner sa fille :

– C'est pour quand ?

– La fin janvier, a répondu Maëlle entre deux sanglots.

Le muezzin s'était tu. Les haut-parleurs avaient laissé place à la rumeur d'une ville. Des pots d'échappement, des harangues de marchands ambulants. Les bruits d'un quartier brûlant de chaleur.

Maëlle a repris la parole :

– Maman, va falloir que je te laisse. Je te rappellerai peut-être bientôt.

– Attends, attends, ne raccroche pas. Donne-moi ton numéro, que je puisse t'appeler aussi.

Bien après que sa fille eut mis fin à leur conversation, Céline broyait encore le combiné, plongée dans la contemplation de la boule de pâte abandonnée sur le plan de travail de la cuisine. Elle avait ravalé ses larmes, commencé à étaler son fond de tarte dans le moule et puis, d'un coup, elle avait tout envoyé balader contre le mur.

Je me suis souvent demandé ce qui se serait passé si Céline n'avait pas été en train de préparer cette tarte aux pommes juste au moment où Maëlle l'a appelée. Rien, très probablement. Et aussi, très probablement, Maëlle et son bébé seraient morts à l'heure qu'il est.

Très peu de temps auparavant, nous avions mis un numéro vert à la disposition du public. La cellule de désembrigadement n'existait que depuis quelques mois mais, déjà, les appels affluaient par dizaines, chaque jour. Nous avions appris deux ou trois choses très importantes. Notamment le fait qu'essayer de ramener à la raison les jeunes embrigadés par Daech ou Al-Nosra non seulement ne servait à rien, mais s'avérait contre-productif. Nos arguments pour tenter de les raisonner étaient exactement ceux que les rabatteurs avaient prévu que nous utiliserions. Après ces premiers échecs, nous avons vite compris que l'émotion était le chemin le plus court pour renouer avec l'humanité perdue de jeunes fanatiques transformés en machines. Et en même temps, quand je dis ça, je me rends bien compte à quel point il est difficile pour eux de se reconnaître dans le portrait que j'en fais. De leur point de vue, ils ont au contraire gagné en humanité, en fraternité.

De fait, ils ont réellement partagé des choses, là-bas. Des amours, des peurs, des colères, et pas seulement un enthousiasme aveugle. Simplement, à un moment, ils ont cessé de réfléchir, de penser, de remettre en question la logique du groupe. Je suppose qu'il en est ainsi pour tout mouvement sectaire, mais également pour nombre de courants politiques extrémistes qui ont tenté de mettre en pratique leurs théories en recrutant des gens à la dérive, avant d'engendrer des fleuves de sang. Nazisme, stalinisme, Khmers rouges, les exemples, hélas, ne manquent pas tout au long du XXe siècle et, souvent, la religion n'y est pour rien. Heureusement, il y a toujours un grain de sable ou une tarte aux pommes qui vient se coincer dans les rouages. Toujours quelqu'un qui se réveille un beau matin en se demandant : « Mais qu'est-ce que je fous là ? »

Quelqu'un comme Maëlle.

C'est exactement ce que j'ai expliqué à Céline quand nous nous sommes rencontrées. Elle avait appelé, nous avait raconté son histoire et nous lui avions proposé un rendez-vous. Cette petite bonne femme résolue a débarqué dans mon bureau vêtue d'un simple jean, d'un petit pull beige en mohair qui moulait sa silhouette mince. Tout le contraire de moi, qui suis une grande boulotte à gros seins. Ses cheveux mi-longs, visiblement teints en blond vénitien, encadraient un visage un peu trop long. En me levant pour l'accueillir, j'ai perçu l'odeur de la cigarette qu'elle venait de fumer à l'extérieur pour calmer sa nervosité. Elle était sans doute arrivée un peu en avance. Je lui ai tendu une main qu'elle a serrée de ses doigts étonnamment fins, étonnamment longs pour une si petite femme. Elle s'est mise à me raconter qu'elle travaillait à Pôle emploi, au Mans, où elle recevait des chômeurs à longueur de journée. Un travail plutôt déprimant. Son visage pâle, exempt de rides, ne trahissait absolument pas la quarantaine qu'elle venait juste de passer. On aurait dit une adolescente fragile. Elle s'était mariée jeune, avec un homme de six ans de plus qu'elle. Ensemble, ils avaient eu Maëlle et, aussitôt après, Jeanne. La petite dernière avait quatorze ans et finissait brillamment sa quatrième au collège Berthelot du Mans. Une matheuse. Jeanne avait été conçue pour sauver le couple, ce qui s'avère généralement une très mauvaise idée. J'en sais quelque chose pour avoir eu la même. Six ans après la naissance de Jeanne, Céline avait divorcé de son mari, un cadre de chez Orange. Elle avait obtenu la garde des deux filles. Le père qui s'était remarié les accueillait un week-end sur deux. Ou, plutôt, accueillait Jeanne. Maëlle refusait en effet de voir son père. À l'approche de la cinquantaine, Guillaume Le Senec – c'était son nom – avait été embarqué d'office dans un plan de sauvegarde de l'emploi. Il n'était pas parvenu à retrouver un job et, après deux années de chômage, il arrivait en fin de droits et rencontrait les plus grandes difficultés pour payer à Céline la pension alimentaire des filles.

Le refus de Maëlle de voir son père n'était pas sans rapport avec ses problèmes. Elle avait pris cette décision peu de temps avant le moment où elle avait commencé à changer.

Céline Le Bihan s'est lancée dans le récit des métamorphoses de sa fille. C'était le parcours habituel. Absorbée par un quotidien trop lourd, elle avait refusé de voir la réalité en face. Maëlle était une rebelle, une enfant difficile, qu'il avait fallu inscrire au lycée Notre-Dame, un lycée privé, onéreux. La dépense avait contribué à détériorer les relations entre Céline et son ex-mari, lequel ne parvenait pas à faire face à ses obligations. Elle avait interprété le basculement de sa fille aînée comme le symptôme d'une crise d'adolescence particulièrement difficile. Maëlle était prête à tout pour se faire remarquer, affirmait Céline, qui avait décidé que « ça » passerait. Mais « ça » n'était pas passé.

Au contraire, le temps que Céline sorte du déni, sa fille s'était déjà envolée pour la Syrie.

Tandis qu'elle me racontait tout ça, j'observais ses mains qui se tordaient nerveusement sur ses cuisses, comme animées par un mouvement indépendant, son genou agité d'un tremblement involontaire. Elle était parvenue à ce que Maëlle lui donne un numéro où la joindre. Je lui ai assuré que nous n'allions pas la laisser tomber. Que la prochaine fois qu'elle parlerait à Maëlle, nous serions à ses côtés, pour l'aider, pas à pas. Mais aussi que rien ne garantissait que nous réussirions, que l'échec était toujours possible. Céline

Le Bihan a hoché la tête, gravement, pour montrer qu'elle comprenait.

Je lui ai demandé si elle avait un endroit où dormir à Paris. Elle a souri, d'un sourire pâle, et m'a répondu que Le Mans ne se trouvait qu'à une heure de TGV de la capitale. J'ai précisé à Céline que, lorsqu'elle reviendrait, elle devrait m'apporter une clé USB avec la musique que sa fille aimait entendre quand elle était enfant. Que nous l'appellerions depuis son portable, mais dans mon bureau. Quand Céline s'est levée pour me saluer, elle a laissé tomber le paquet de cigarettes qu'elle avait déjà sorti de son sac et posé sur ses genoux, prête à en griller une.

Plusieurs semaines se sont écoulées avant qu'enfin je me retrouve en face de Maëlle.

On pourrait croire que le fait d'avoir reçu une éducation musulmane m'aide dans mon travail. Pas tant que ça, au fond. Ce qui m'aide, surtout, c'est l'équipe que nous formons avec les psys, les éducateurs. Mon statut de beurette ne m'est pas d'un grand secours face à des jeunes qui, de toute façon, me regardent comme une infidèle, quelqu'un qui a trahi l'islam véritable. Je ne me bats jamais sur ce terrain-là, sinon c'est perdu d'avance.

Maëlle avait été arrêtée dès son arrivée à Roissy. Après quinze jours de débriefing, elle avait été relâchée et placée en liberté surveillée. Depuis, elle était assignée à résidence avec obligation de pointage à la gendarmerie trois fois par jour, sauf lorsqu'elle effectuait le voyage jusqu'à Paris avec sa mère pour nos séances d'entretiens.

La jeune fille que j'ai vue débarquer était coiffée d'un simple *hijab* beige, d'une robe à grosses fleurs qui lui descendait jusqu'aux pieds. Ses lèvres étaient aussi pleines que celles de sa mère étaient minces. Son ventre arrondi contrastait avec son visage d'adolescente, un visage qui conservait encore la fraîcheur de l'enfance. Céline l'escortait avec la fierté d'une lionne. Elle n'avait plus rien de la femme rongée par l'angoisse que j'avais reçue deux mois auparavant.

Nous nous sommes assises dans le salon, rien de très original, un canapé, une télé. En dehors d'une porte blindée, nos locaux ressemblent à un vulgaire appartement de banlieue. J'avais sélectionné plusieurs témoignages pour travailler avec Maëlle, que j'ai appelée Ayat dès notre première rencontre, comme elle me le demandait d'une voix timide. Les témoignages de repentis sont un élément très important de notre dispositif de désembrigadement. J'avais choisi une déposition qui est devenue célèbre, depuis. Celle de Sonia. Sonia est l'une des très rares jeunes femmes à être revenues vivantes de Syrie. Elle était très malade et devait subir une opération. Son mari l'avait autorisée à se rendre en Turquie où elle avait des chances de trouver un bon médecin. Apprenant la chose, ses parents avaient foncé là-bas pour la convaincre de revenir se faire opérer en France. Nous avions rencontré Sonia juste après sa sortie de l'hôpital et son interrogatoire par la DGSI. Dès la salle de réveil, elle avait demandé à rentrer chez elle. En Syrie, bien sûr. Toutes nos argumentations n'avaient mené à rien. Son mari, lui aussi malade, souffrait d'une infection consécutive à l'amputation d'un bras. Elle semblait véritablement amoureuse de lui, et cet amour me paraissait tout à fait réciproque, ce qui est très loin d'être toujours le cas. Sonia voulait le retrouver pour s'occuper de lui. Nous lui avons annoncé qu'il était, comme c'est souvent le cas pour les estropiés, sur une liste de martyrs destinés à mourir dans un attentat-suicide. Du haut de ses seize ans, elle nous a regardés. Sans ciller, elle nous a lancé qu'il s'y était repris à quatre fois avant d'être accepté comme futur martyr. Elle a ajouté qu'elle l'aurait quitté s'il n'avait pas finalement réussi.

Maëlle se tenait tête baissée, la mine impénétrable. Elle ne regardait pas l'image, se contentant d'écouter passivement ce qui se disait. En entendant les derniers mots de Sonia, elle a soudain relevé la tête et elle a souri.

– Qu’est-ce qu’il y a ? Qu’est-ce qui est drôle ? ai-je demandé.

– Je la comprends. Elle aime son mari, elle veut le meilleur pour lui. Il veut le meilleur pour elle. Moi aussi, j’aimais Redouane. Moi aussi, je voulais le meilleur pour lui. Et lui pour moi. À une époque, j’aurais pensé comme elle. J’aurais voulu que mon mari meure en martyr, j’aurais voulu élever son enfant dans sa mémoire, comme un futur lion d’Allah.

Le sourire de Maëlle s’est effacé. Elle s’est tournée vers sa mère :

– C’est le bébé, Maman. Quand les roquettes sont tombées sur la maison, j’ai réalisé que mon bébé ne naîtrait peut-être jamais. Il aurait pu vivre et plus tard mourir en martyr, servir la cause, ça d’accord, c’est pas pareil, mais Redouane et moi, on n’a pas supporté l’idée que peut-être il ne verrait même pas le jour. La pensée de mourir avec ce bébé en moi, dans mon ventre, je n’ai pas accepté. Je n’ai juste pas pu. Je me suis dit que jamais Allah, loué soit son nom, n’aurait voulu une chose pareille. Que les *kouffar* nous fassent subir ça, c’était une chose, et je les hais pour ce qu’ils nous infligent. Mais moi, je n’avais pas le droit de laisser arriver un truc aussi horrible. D’imposer ça à mon bébé, de lui imposer de ne même pas exister.

Céline a voulu prendre Maëlle dans ses bras, mais sa fille s'est reculée contre le dossier du canapé pour lui échapper. Elle a murmuré comme pour elle-même :

– Il y a seulement six mois, tu serais venue me chercher en Turquie, j'aurais été capable de te dénoncer aux frères pour qu'ils te tuent. J'aurais été capable de monter un piège pour ça.

Des fois, je me demande s'il est possible de réparer les âmes cassées. Pour Maëlle, il restait encore pas mal de travail.

REDOUANE

Vous m'auriez vu il y a seulement un an et demi, vous ne m'auriez jamais reconnu, en survêt blanc, baskets Adidas et casquette des Chicago Bulls. Je menais une vie sans histoires à Chartres, avec ma famille. Mes parents nés au Maroc, mes deux frères et mes trois sœurs. On habitait une HLM de la cité Bel-Air. J'étais juste un mec normal, le plus jeune de la maison. Au-dessus de moi, il y a Nora qui veut toujours me commander mais, heureusement, Amine et Sofiane, mes frères, remettent à chaque fois les pendules à l'heure.

Mon kif d'avant, c'était le foot, le kick-boxing, les filles, les pétards. Une vie de mécréant, quoi. À l'école, j'étais bon, pourtant. Et les profs m'aimaient bien, à cause de mon côté charmeur, de ma tchatche. Je rêvais de monter ma boîte, plus tard, pour me faire de la thune. Me payer une Audi. C'est pour ça que je voulais passer le bac pro pour devenir vendeur. Et puis mon père a eu un accident. Un truc moche. Il est tombé d'un échafaudage. Je suis parti en vrille, total. Dans la cité, il y avait un ancien pote qui s'était sorti des galères grâce à la religion. Il fréquentait une maison de prière à Lucé, dans la banlieue de Chartres. Depuis, il était clean, il avait l'air responsable. Il dirigeait sa vie. Je me suis dit que, peut-être, il fallait arrêter les conneries et faire comme lui. À la maison, on n'a jamais été très religion. Le ramadan, et *safi* ! Je me suis connecté sur YouTube, ils donnaient plein de conseils pour devenir un bon musulman. Peu à peu, je me suis rempli la tête de propagande. Quand je voyais les gens en larmes au milieu des décombres, quand je les entendais appeler au secours, j'étais secoué. Je me sentais trop mal, à rester là sans rien faire. Quand l'été est arrivé, j'ai trouvé un boulot comme vendeur à temps partiel dans un magasin de sport au centre commercial Leclerc. Une franchise de chaîne. C'était un truc de ouf. Ils avaient planqué un compteur électronique qui recensait les clients à l'entrée. Tous les matins, la direction de Paris nous envoyait le chiffre à réaliser pour la journée. On n'y arrivait jamais parce qu'ils partaient du principe que chaque client qui entrait dans le bouclard devait repartir avec un article. Mais le type qui recevait un appel sur son portable, qui ressortait parce que ça passait mal avant de rerentrer puis de ressortir parce qu'il avait un autre appel, à la fin, il comptait pour trois. Et la maman qui cherchait la boutique de fringues pour enfants, qui venait se renseigner, et qui elle aussi ressortait avant de revenir demander si on lui avait dit au fond à droite ou au fond à gauche comptait également pour trois. Tu m'étonnes qu'on n'atteignait jamais nos objectifs ! Ils nous mettaient une pression d'enfer et j'ai été bien content de m'en aller à la fin de l'été avec la thune que je m'étais faite là-bas et mon plan Cetelem. J'avais dit à ma mère que j'allais à Brighton. Elle, elle était fière de moi, elle pensait que c'était pour mieux apprendre l'anglais. La vérité, j'avais honte. Dans l'intervalle, mon meilleur pote Azzedine était parti pour le *Shâm*, il avait fait la *hijra*, le voyage. Sérieux, il était comme un frère pour moi, je ne pouvais vraiment pas le laisser tout seul là-bas. Il m'a aidé à venir grâce à Facebook. J'avais hâte d'aller secourir mes frères, hâte de m'enfoncer dans la fournaise de la guerre. C'est pas à Brighton que j'allais, ça, c'était juste pour tromper l'ennemi. J'allais en Turquie.

Là-bas, j'ai retrouvé les mêmes impressions, les mêmes odeurs qu'au Maroc, quand on allait en vacances au bled, chaque été, près de Ouarzazate. L'appel du muezzin, le remugle des fruits pourris, le braiment des ânes... Sauf que les Turcs parlaient ni berbère ni arabe. Je comprenais rien à ce qu'ils racontaient. Et puis les monts Taurus, c'était pas l'Atlas non plus. Je m'attendais à chaque instant à voir arriver les Mongols dont le prof d'histoire nous parlait au lycée.

À Gaziantep, pour mille euros, un passeur m'a fait traverser.

La première fois que j'ai vu Ayat, ça je l'oublierai jamais. J'étais à Raqqa depuis plusieurs mois à glander, je me battais pas, finalement, et je faisais zéro progrès en religion parce que les frères s'occupaient pas vraiment de nous, ils nous laissaient entre Français, vu que la plupart d'entre nous parlaient à peine arabe. Il y avait aussi des Belges, des Luxembourgeois. J'avais un peu l'impression d'être un touriste. Ils se servaient surtout de nous pour tourner des vidéos. Pour répondre à des journalistes infidèles. Habillés tout en noir, on était, la kalach à la main et le foulard autour de la tête. Une fois, j'ai dit à un journaliste du *Monde* : « J'ai pas peur de la mort. Je peux rentrer en France et me faire exploser ! On subit un entraînement exprès, je passe la frontière quand je veux, comme je veux. Les mecs de la PAF, on sait comment ils fonctionnent, je les zappe facile. » Là-dessus, je balançais deux ou trois sourates du Coran avec un accent de merde, et tout le monde était content. Quelle frime !

N'empêche, il y avait aussi des Français qui se battaient vraiment, de plus en plus. Je sais pas comment ils faisaient pour être enrôlés, moi j'y suis jamais arrivé.

Ayat avait été recrutée *via* Internet, comme moi. Elle avait été mariée sur Facebook avec Mokhtar, un gros lourd originaire de Villiers-sur-Marne qu'elle n'a jamais rencontré vu que, le jour des noces, il était à Raqqa depuis des mois. Ayat était loin d'imaginer qui elle épousait vraiment, tu penses, il lui avait promis le paradis sur terre, et aussi un petit chat et une AK-47 en guise de cadeau de mariage. Heureusement qu'elle l'a jamais croisé parce qu'il lui en aurait fait baver. C'était rien qu'un naze, vu la façon dont il se comportait avec les sœurs. Il était brutal avec elles. Il en avait déjà répudié deux parce qu'elles ne voulaient plus qu'il les touche. Le fait qu'un certain nombre d'entre nous soient venus en Syrie parce qu'ils savaient que les frères allaient leur trouver des Françaises à marier n'était pas un secret très bien gardé. Sauf que Mokhtar était aussi un combattant, un vrai, que la bataille excitait. Quand il s'est pris une roquette tirée par un drone du côté de Sadr City, Ayat est devenue veuve avant même d'avoir rencontré son mari. Elle ne l'a pas su parce que, à ce moment-là, elle était déjà en route pour la Turquie.

Les frères tenaient pas à ce qu'on reste célibataires. Ils ne tenaient pas non plus à ce qu'on tourne autour des sœurs syriennes. D'ailleurs, ils les gardaient soigneusement à l'écart. Un jour, ils m'ont annoncé qu'ils avaient trouvé pour moi *al-ukhti*, la sœur, en arabe. Je suis parti vers le nord. On a traversé la frontière de nuit et on est allés frapper à la porte d'un *maqar*, au fond d'une rue paumée et poussiéreuse où ne traînaient que des chats faméliques.

On était loin de la villa de luxe dans laquelle je vivais à Raqqa. Ça puait, là-dedans, pire que dans un zoo. Les femmes étaient entassées à même un sol en terre battue super crade, dans l'attente d'un mari. Elles arrivaient toutes d'Europe, loin de se douter de ce qui les attendait, et je jure que la plupart d'entre elles auraient choisi n'importe qui comme époux pour échapper à cet enfer. Je vous promets, j'avais la même impression que le jour où j'avais accompagné Azzedine dans les caves de la cité pour l'aider à choisir son rottweiler.

Ayat a levé ses yeux soulignés au khôl sur moi, je n'ai vu que ça d'elle, parce que, pour le reste, elle était vêtue d'un *niqab* noir, comme toutes les autres femmes. Mais j'ai bien compris qu'elle m'avait élu. Pas parce que ce gros naze de Mokhtar n'était pas venu, vu qu'il était mort. Et pas non plus parce qu'elle aurait pris n'importe qui d'autre. Je l'ai vu dans son regard. Je me suis dit que c'était un drôle d'endroit pour un coup de foudre.

Le vieil imam qui gardait les femmes nous a mariés. Comme je ne pouvais pas demander la permission aux parents d'Ayat, il a désigné un tuteur qui a répondu à leur place.

Notre nuit de noces, on l'a passée à Raqqa, dans la villa. C'était magnifique. Ayat n'était pas la première femme que j'aie connue. Je vous l'ai dit, dans la cité, j'étais un bourreau des cœurs. Mais j'étais sa première fois à elle. Heureusement que j'étais un peu expérimenté. J'espère avoir été assez doux. On ne parlait pas de ces choses-là. L'idée, c'était qu'elle tombe enceinte le plus vite possible. On y a mis du cœur et ça n'a pas été bien long. Notre lune de miel sur l'Euphrate a bien aidé aussi.

La suite, vous la connaissez. Quand les balles m'ont frappé, je ne m'en suis pas aperçu tout de suite. Ça a été comme si quelqu'un m'avait donné un grand coup de poing dans le dos pour me faire tomber. J'ai compris quand j'ai vu que je ne pouvais pas me relever. Je ne voulais pas qu'ils prennent Ayat et notre bébé. J'espère qu'ils ne l'ont pas rattrapée, *inch'Allah*.

Je n'avais pas mal. Je ne sentais juste plus ni mes jambes ni mes pieds. Je savais qu'ils allaient revenir me chercher et je savais ce qu'ils allaient me faire.

Heureusement, mes yeux se sont fermés avant.

AMINA

Je n'arrive pas à croire qu'Ayat et Redouane soient partis comme ça, qu'ils soient des traîtres.

C'est sur Facebook que j'ai rencontré Ayat. Grâce à notre *salafya* de sœurs, on est devenues amies. Ayat, ça veut dire « Prophétie » en arabe. Pour moi, elle était un signe de Dieu. C'est drôle, quand même, parce qu'on vient du même patelin, toutes les deux, et on ne le savait pas avant de se retrouver en vrai. Moi, j'étais en seconde au lycée polyvalent Le Mans-Sud. Elle, elle se la pétait au lycée Notre-Dame, *le* lycée privé du Mans. Je me souviens très bien de l'époque où on s'est contactées.

Dire que ça fait même pas un an. J'y crois pas. Je venais d'avoir seize ans, je commençais à tchater pas mal, mais ma mère ne savait pas encore que je m'étais convertie à l'islam. Elle continuait à m'appeler Maÿlis. Quand même, on se fritait beaucoup. Elle se rendait bien compte que je changeais. Ce qu'elle ignorait, c'était que j'étais déjà en train de me coudre un *niqab* que je tenais soigneusement planqué sous mon lit. Je m'étais mise à ranger ma chambre – une vraie musulmane vit dans la propreté et l'ordre –, elle n'en revenait pas, et du coup, elle n'y mettait plus tellement les pieds. Bref, je surfais pas mal sur Internet, comme toutes les copines du bahut. J'avais vu ces vidéos des enfants syriens en train de manger du carton dans les ruines et j'avais été indignée, au-delà des mots. Si ça avait été moi, vous imaginez ? *Oui, ça aurait pu être moi.* Du coup, j'avais cherché d'autres infos et j'étais tombée sur une page Facebook qui racontait en détail l'horreur que vivaient les civils, là-bas. C'était affreux de voir tous ces gens souffrir sous les bombes, tous ces cadavres de femmes, d'enfants ensanglantés, toutes ces familles en larmes. Je me suis tout de suite sentie du côté des opprimés.

À force de surfer, j'ai fini par arriver sur la page d'une ONG, Ummah Charity, qui a pour but d'apaiser les souffrances des populations les plus pauvres du monde. Qui peut être contre ça, hein ? Pas moi, en tout cas. J'ai toujours eu un sens de l'injustice très aiguisé. Bien sûr, j'ai *liké* la page, et là, je me suis aussitôt fait des tas d'amies. C'était incroyable. Le jour même, j'ai reçu plein de demandes de sœurs. Leurs visages n'apparaissaient jamais complètement sur les photos. On voyait juste leur sourire, le bas d'un *hijab*, des femmes en *niqab*, de dos, avec des versets en surimpression sur le tissu noir de leur vêtement : « La femme voilée a tellement de charme. » Les sœurs s'appelaient Oum, Créature du Créateur, Perle d'islam, Fi Allah.

Au début, je n'ai pas compris grand-chose à tout ça.

L'une d'elles, je crois que c'était Perle d'islam, m'a écrit : « N'accepte pas d'hommes. » Elle ne savait pas à qui elle parlait ! J'ai très peur des hommes, justement, même aujourd'hui. La page de Perle d'islam était barrée d'un gros sens interdit, avec une silhouette masculine derrière, et elle avait écrit en majuscules sur le dessin : *PAGE INTERDITE AUX HOMMES*. Je crois que c'est ça qui m'a vraiment attirée. Les hommes sont des porcs. Ils sont impurs ou, en tout cas, ils le deviennent très jeunes. Quand j'étais en quatrième, je me suis fait coincer dans les toilettes du collège par trois nuls. La vérité, ils ne savaient pas vraiment quoi faire avec moi, sauf qu'ils avaient dû regarder deux, trois vidéos porno sur Internet. Ils m'ont touchée partout et, depuis, je me méfie du genre masculin. Même avec mon mari, c'est difficile, des fois. Mais c'est mon devoir d'épouse, alors c'est différent. Je lui dois des enfants, des fils, et surtout, je les dois à Allah. Je parle de tout ça maintenant, je ne sais pas trop pourquoi, je pense que la trahison d'Ayat m'a fait beaucoup réfléchir, ces derniers temps. J'espère bien qu'ils la rattraperont. Et s'il faut lui jeter la première pierre, le jour de la lapidation, les frères peuvent compter sur moi. Sauf que la première ne sera pas pour elle. Elle sera pour Redouane. Je suis sûre que c'est sa faute, à ce nullard. C'est lui qui l'a influencée. Je ne l'ai jamais calculé, de toute façon, avec ses sapes de banlieue. Qu'est-ce que je disais, déjà ? Ah oui, la page de Perle d'islam interdite aux mecs, ça m'a vraiment parlé. On a commencé à s'envoyer des messages. Perle d'islam m'a mis des liens avec des vidéos qui m'ont aidée à prendre conscience que le monde dans lequel je vivais était rempli de mensonges. J'ai toujours été une amoureuse de la nature. Je n'étais pas très croyante, je n'avais jamais été inscrite au catéchisme. Ma mère a été longtemps hospitalisée quand j'étais petite, et mes grands-parents sont de la génération qui a fait Mai 68, ils ne sont pas trop dans la religion. C'étaient eux qui me gardaient quand Maman était en chimio, mais ils allaient jamais à l'église. Tout ça pour dire que je ne connaissais rien de ce qui touchait au Très-Haut avant Facebook. J'avais visité la cathédrale du Mans avec l'école et puis basta. Je n'avais jamais mis les pieds dans une mosquée non plus. Mais pour moi, il y avait quelque chose de sacré dans la nature, les couchers de soleil, la mer… Je suis allée sur YouTube et j'ai vu comment l'Occident détruisait le monde. Comment le mensonge avait rempli la planète dévastée. Comment on nous mentait sur tout.

Les médicaments que les laboratoires pharmaceutiques essayent sur les enfants des rues en Afrique. Les molécules qui nous empoisonnent et qui sont protégées par ces mêmes laboratoires. La déforestation, la pollution de l'eau en Alaska pour extraire le pétrole du fond de l'océan, juste pour arrêter d'acheter celui des musulmans. J'ai découvert tout ce qu'on nous cache sur les aliments contaminés, la maladie de la vache folle et tout ça. Comment on nous conditionne pour devenir des femmes au physique parfait, des bombes, mais en même temps des robots, des esclaves d'une mode qui fait de nous des objets sexuels. Le sexe est partout, je le sais. Dans les vidéos, ils montraient même comment *ils* dissimulent des messages dans les dessins animés pour les enfants, des messages à caractère sexuel. Je n'en revenais pas.

Bien tranquille dans ma chambre, au Mans, je réalisais la perfidie du monde dans lequel j'étais née. Je ne pouvais plus m'arrêter, j'enchaînais, lien après lien, je passais toutes mes nuits à ça. Je manquais de sommeil, je m'endormais pendant les cours. Mes notes ont commencé à se casser la figure. Maman hurlait, mais qu'est-ce que j'en avais à faire, de mes notes ? Tout était pourri, de toute façon. Tout était fait pour qu'on consomme et puis c'est tout. L'école nous mentait aussi. De toute façon, ils nous préparaient juste à la soumission. J'ai arrêté de kiffer sur les baskets à deux cents euros. J'ai enlevé les posters de la série *Vampire Diaries* des murs de ma chambre. J'avais compris qu'on nous menait en bateau. Que mes pompes étaient fabriquées par des enfants des bidonvilles au Pakistan et que les colorants et toutes les saloperies chimiques qu'on utilisait pour les faire empoisonnaient les gosses et pourrissaient leurs rivières.

J'étais effondrée. Je me souviens d'avoir posté un statut « Trop triste ! ». Avec mes amies d'avant, j'aurais reçu, quoi, un, deux, allez, trois messages de soutien. Là, les sœurs se sont manifestées en nombre. Perle d'islam m'a écrit : « Rappelle-toi quand tu es trop triste qu'Allah te soutient. » C'est là que j'ai commencé à y penser, je crois. Bon, on ne parlait pas que du complot qui régit le monde, avec elles. On parlait de plein d'autres trucs, aussi.

Ce qu'on voulait faire plus tard, par exemple. Moi, je voulais être infirmière, aller soigner les enfants malheureux. J'avais posté aux sœurs : « *Salam aleykoum*, mes amours, vous voulez faire quoi plus tard ? »

Fi Allah avait répondu : « Auxiliaire puéricultrice. » Créature du Créateur avait écrit : « Aide humanitaire spécialisée, *inch'Allah* », une réponse avec plein de cœurs et de *smileys* partout. Oum, elle, c'était aide-soignante qu'elle voulait devenir.

Dans les semaines qui ont suivi, grâce aux sœurs, j'ai accédé à plein d'autres vidéos et, là, j'ai vraiment compris. Non seulement on nous mentait sur tout, mais il y avait des gens derrière tout ça, et pas n'importe qui. Des sociétés secrètes qui veulent dominer le monde en rendant nos vies insignifiantes, en nous exterminant. C'est eux qui ont créé le sida, aussi. En plus, il y a des preuves de l'existence de ces conspirateurs. Les traînées blanches derrière les avions dans le ciel. Vous savez ce qu'il y a dedans ? Des produits pour rendre les populations stériles. Ils les vaporisent pour anéantir la fécondité des musulmans. Ils mettent des substances toxiques dans la nourriture qu'on achète, dans le maquillage. Ils empoisonnent le monde, je vous jure. Allez sur Internet, vous verrez si je mens. Ceux qui sont à la tête de ces sociétés secrètes veulent détruire toutes les religions et favoriser les juifs. Ils mettent des invocations à *Sheitan* partout. *Sheitan*, c'est le nom du Diable, du

Malin. Il a beaucoup de noms, Iblis, Baal, et d'autres encore. Le triangle avec un œil dedans, le poing fermé sauf le petit doigt et l'index, tout ça c'est des messages qui lui sont adressés. Et il y en a partout. À la télé, dans les immeubles, les escaliers à treize marches, c'est encore la preuve de leur existence. Si vous regardez le Capitole américain vu du ciel, ça fait le dessin d'une chouette. C'est un signe de reconnaissance. C'est pour dire que c'est à eux. La nuit, ils y organisent des fêtes, ils y font des sacrifices quand il est fermé. Ils dirigent les États-Unis depuis longtemps. Et le rap, il vient de là-bas. Je te jure, j'adorais ça, avant, le rap, Sexion d'Assaut et tout. Mais les vidéos que j'ai regardées passaient des paroles de rap à l'envers et on entendait très distinctement les invocateurs de *Sheitan* blasphémer, et j'ai compris que le rap était une musique satanique. D'ailleurs, prenez un dollar américain. Leur billet est plein de tous les symboles dont je vous ai parlé. C'est l'argent du Diable. Tous les produits américains, c'est la même chose. C'est à cause de ça que j'ai arrêté de boire du Coca, aussi. Tu mets la bouteille devant un miroir, et à l'envers, ça fait *No Mecque*. Si c'est pas des preuves, ça... C'est comme les attentats du 11 Septembre. Ben Laden, il y est pour rien. C'est George Bush qui a tout organisé. C'était un rituel des Américains pour dire qu'ils donnaient le pouvoir à Israël, d'ailleurs c'est pour ça qu'il n'y avait pas de juifs dans les tours jumelles ce matin-là. Ils sont pas fous. Ils savaient ce qui allait se passer. Maintenant, Israël a plus de pouvoir que les Américains, et les États-Unis, c'est devenu leur pays. De toute manière, cette histoire du 11 Septembre, j'étais toute petite encore, je peux pas dire que je me souvienne vraiment, mais y a des trucs qui ne sont jamais arrivés, comme l'avion sur le Pentagone. Ah ben tiens, le Pentagone, encore un symbole satanique. En vrai, c'est un pentagramme. C'est comme le drapeau israélien. Tu prends l'étoile à six branches, il y a trois fois le chiffre 6 dedans, ça fait 666, l'Apocalypse. Ils veulent exterminer les Palestiniens et aussi aller jusqu'à Bagdad, c'est le fondateur du sionisme qui l'a écrit.

Maman était furieuse. Elle disait qu'elle ne me reconnaissait plus. Que je ne faisais plus rien au lycée. Qu'est-ce que j'en avais à faire de l'école ?

J'avais l'impression de me réveiller d'un long sommeil en forme de cauchemar, grâce aux sœurs. Désormais, je pouvais reconnaître les conspirateurs sataniques à la télé rien qu'en les regardant. Bush, par exemple. Ou Sarko. Ils ont des rétines de serpent. Ça prouve. Avant, ces gens-là, c'était rien que des serpents qui invoquaient le Diable. Puis ils ont pris une forme humaine.

Même le Christ, il est comme ça, avec son auréole. En vrai, c'est un œil satanique caché derrière un démon. Ces gens-là, ils veulent devenir éternels et régner sur le monde. Mais nous, on est là pour les arrêter. Nous sommes la force d'Allah. Les sœurs me le rappelaient à chaque occasion, comme l'avait fait Perle d'islam en me montrant les merveilles de la Création qu'il fallait préserver de l'appétit destructeur des puissances des ténèbres : l'océan, les montagnes, les forêts, les animaux splendides et nous-mêmes, enfin, qu'Il avait façonnés avec de l'argile, comme dans les vidéos de 19HH. L'une d'elles proclamait : « Je suis ton indifférence, je suis ton hypocrisie, je suis ta collaboration. Tu es devenu une bête, une pauvre bête tenue en laisse. » Je pense que ce sont ces mots-là qui m'ont décidée. Une nuit, j'ai répété trois fois : *Achhadou an lâ ilâha illallâhou wa achhadou anna mouhammadan rasoûloullâh*, « J'atteste qu'il n'y a pas de divinité excepté Dieu et j'atteste que Mahomet est le Messager de Dieu », et je suis devenue musulmane. Vous auriez vu le déluge de *likes*, de cœurs, de diamants, d'émoticônes et d'*hamdoulillah*, quand j'ai annoncé ça ! Faridah a posté : « A ski dise, j'leur farci la tête au bahut ! N'importe naouak ! J'leur parle d'Allah ! La vérité, HamdouliLlah g déjà converti une sœur du collège ! » J'ai immédiatement *liké*.

J'avais compris que l'islam authentique était la seule façon de sauver le monde, et j'étais bien décidée à participer à ce sauvetage. J'avais aussi compris que mes sœurs étaient ma vraie famille. Perle d'islam m'a écrit : « *Assalam aleykoum*, ma sœurise, voici dix perles de conseils pour le bonheur de la femme ! À lire, *inch'Allah.* »

Elle m'a indiqué les sites avec des tutoriels pour mettre son *hijab*, comment l'enrouler, comment ne pas laisser dépasser ses cheveux... Elle m'a conseillé aussi d'ouvrir une page Facebook sous mon nouveau nom de croyante. J'avais choisi Amina.

Quand ma mère m'a vue avec le *hijab*, elle a immédiatement pété un plomb. J'ai essayé de lui expliquer, de lui parler de tous les mensonges qui nous étouffent, du monde tel qu'il est vraiment.

Quand j'ai évoqué les sociétés secrètes, elle m'a rétorqué qu'elles n'existaient que dans mon imagination malade. Elle m'a dit que, oui, mes envies de Nike lui coûtaient une blinde, et qu'elle était bien contente que je veuille à présent m'en passer, et que je range ma chambre comme je le faisais, et aussi que la pollution, les multinationales et tout, c'était vrai, mais que le reste n'était que des conneries pour ados sur Internet et que, si je continuais, elle allait supprimer la box à la maison. Ça, je savais qu'elle ne le ferait même pas en rêve.

Comme si j'ignorais qu'elle passait son temps à surfer sur des sites de rencontres pour meubler sa solitude !

C'est à peu près à ce moment-là que j'ai ajouté Ayat sur ma nouvelle page Facebook. Comme je me plaignais de la réaction de ma mère, elle a répondu par ces sages paroles : « Les croyants et les croyantes ne cesseront d'être éprouvés dans leurs personnes, dans leur progéniture et dans leurs biens jusqu'à ce qu'ils rencontrent leur Seigneur absous de tout péché. »

On est devenues amies tout de suite et c'est elle qui m'a appris comment me comporter, m'habiller, saluer, parler, me nourrir, pour rester pure, pour ne plus me mêler aux *kouffar*, aux hypocrites, aux apostats vendus à l'Occident. Ce sont Ayat et mes sœurs qui m'ont enseigné tout ce qui est *haram*, interdit. J'ai mis tous les parfums, tous les déodorants que ma mère m'avait achetés à la poubelle, parce que, dedans, il y a de l'alcool.

Ayat disait que la fin du monde était pour bientôt, que nous nous étions rencontrées par la volonté de Dieu, *hamdoulillah*, et que nous avions été élues pour enfanter les futurs sauveurs de l'humanité. Que nous avions été choisies pour combattre le Malin et ses représentants. Elle disait que la fin du monde aurait lieu sur la terre du *Shâm*, en Syrie, où ça avait déjà commencé. Que le *Mahdi* émergerait des légions combattantes au *Shâm*, qu'elle l'avait vu dans une vidéo qu'elle me postait. Que ceux qui participeraient à la confrontation finale connaîtraient le paradis et que tous les autres iraient en enfer. Et que ceux qui mourraient en martyrs pourraient en emmener chacun soixante autres au paradis. Ayat disait que, si elle était sacrifiée là-bas, elle pourrait sauver toute sa famille, sa mère, son père, sa petite sœur. Je ne me lassais pas de regarder défiler les combattants sur mon écran. Là-bas, les frères s'étreignaient en souriant. Ayat m'avait posté un rappel entre sœurs :

« L'intérêt du *jihad* est général. Il s'étend non seulement aux combattants mais à toute la communauté dans le sens spirituel et temporel. Le *jihad* implique toutes sortes de cultes, sous toutes ses formes internes et externes. Plus que n'importe quel acte, le *jihad* implique l'amour et la dévotion pour Allah, exalté soit-Il, la confiance en Lui, la reddition de notre vie. Le *jihad* implique la patience, l'ascétisme, l'évocation d'Allah, et l'individu ou la collectivité participant au *jihad* se retrouve entre deux conséquences agréables : la victoire et le triomphe ou le martyre et le paradis. »

Nous ne pouvions que gagner.

Je me souviens de m'être inquiétée de la façon dont nous allions nous enfuir. Ayat a dit qu'elle allait se marier avant de partir en Turquie et qu'il faudrait que je trouve un mari. Ce n'était pas le plus facile pour moi. Mais je savais que c'était mon devoir. Elle disait que nous partirions d'abord en bus de Paris pour la Belgique, où nous serions attendues par des frères qui nous donneraient des faux papiers. Pour ça, il fallait que je lui envoie par mail des photos d'identité qu'elle leur transférerait. Ensuite, si nous n'étions pas repérées, nous prendrions un vol pour Gaziantep, en Turquie. Là-bas, nous allions rencontrer nos maris avant de passer la frontière et d'entrer au *Shâm*. Je me souviens de m'être dit, juste à ce moment-là, que si je n'arrivais pas à partir, je mènerais le *jihad* ici même, qu'aucun obstacle ne pourrait me faire renoncer.

J'avais commencé à regarder des vidéos de décapitation. J'étais fascinée par ce que j'avais vu. La façon dont les frères tenaient en laisse, comme des chiens, les mécréants qui marchaient courbés vers la mort. Comment les prisonniers restaient passivement assis aux pieds de ceux qui allaient les tuer, comment ils se laissaient égorger tels des moutons. Je ne pouvais plus m'arrêter de regarder ces vidéos. Je les avais visionnées encore et encore, des dizaines de fois. Je les connaissais par cœur. Et pourtant, je n'arrivais pas à croire que c'était vrai.

C'est Ayat qui s'est occupée de tout. J'ai annoncé aux sœurs que ma vie allait changer à cent pour cent et elles m'ont aussitôt félicitée. Ce matin-là, je me suis habillée comme d'habitude pour aller au lycée. J'ai fourré mon *niqab* dans mon sac à dos et je suis partie sans même laisser un mot. Ma mère était déjà au travail. C'était un jeudi et je n'avais cours qu'à 10 heures. Je ne suis jamais arrivée au lycée. J'ai noué un simple foulard autour de ma tête pour ne pas attirer l'attention et j'ai pris le train pour Paris. Je n'avais pas acheté un billet de TGV mais de TER, parce qu'on peut prendre le TER sans faire de réservation nominative. Avec Ayat, nous nous étions donné rendez-vous à la gare Montparnasse, devant le stand des pâtisseries Paul. Je n'avais jamais vu son visage. Je ne connaissais que son regard. Quand je l'ai croisé, j'ai tout de suite reconnu ses yeux clairs.

Nous nous sommes étreintes et nous avons commencé à parler, on ne pouvait plus s'arrêter. Nous avons découvert non seulement que nous étions venues par le même train, mais qu'en plus nous étions toutes les deux du Mans. On a pris le métro jusqu'à la porte de Montreuil. Là, à la gare routière, on est montées dans un bus pour Bruxelles. C'était l'aventure, on n'arrêtait pas de faire des selfies avec nos portables ! Quand on a passé la frontière, j'ai envoyé un SMS à ma mère pour lui annoncer que je partais vivre ma foi sur la terre à laquelle j'appartenais désormais et que je ne reviendrais plus. J'ai ajouté qu'elle ne devait pas s'en faire pour moi, que j'étais plus heureuse que je ne l'avais jamais été. J'ai conclu en lui promettant de lui donner des nouvelles quand je pourrais, ce que je n'ai jamais fait, et ensuite j'ai enlevé la carte SIM de mon téléphone et je l'ai jetée. Des frères nous attendaient à l'arrivée. Ils nous ont emmenées jusqu'à un appartement vide de Molenbeek, dans la banlieue de Bruxelles. Là, ils nous ont donné nos faux passeports et nous ont conduites à l'aéroport. On a embarqué sur un vol de la Turkish Airlines à destination d'Izmir sous les noms d'Amina Djibril et d'Ayat Abd el Kader. Personne ne nous a posé la moindre question. Ayat s'était mariée avec Mokhtar sur Facebook, elle parlait sans arrêt de lui. Elle était super amoureuse. Elle l'avait rencontré sur sa page et s'était convertie grâce à lui. Il était français, comme nous, mais lui était né musulman, d'origine marocaine, à Villiers-sur-Marne.

On fantasmait comme des folles sur le *Shâm*. On avait déjà pris l'avion l'une et l'autre, mais on était surexcitées. Quand l'appareil a amorcé sa descente sur la Turquie, on a regardé les îles grecques défiler en dessous de nous et puis on a vu la côte apparaître, et j'ai pensé : « Enfin ! » Passer la douane a été un jeu d'enfant. On a aussitôt ressorti nos *niqab* et on les a enfilés. La première chose que j'ai entendue en sortant de l'aéroport, ça a été l'appel du muezzin, *hamdoulillah* ! C'était un signe, d'entendre

Allahou akbar juste en posant le pied en terre d'islam. On n'a pas eu le temps de réfléchir plus longtemps. D'autres frères nous ont emmenées à une nouvelle gare routière et on est parties pour Gaziantep.

Tout au long du voyage, on a continué à faire des selfies, je les ai gardés jusqu'à la trahison d'Ayat et après ça je les ai jetés, dégoûtée. Mais avant, je les regardais souvent. On voyait bien à nos mines réjouies qu'on était en train de rigoler. J'avais l'impression de partir en vacances et de faire une bonne farce. Et, en même temps, je partais sauver le monde. Je me sentais légère, légère.

Izmir est une ville moderne, on y sent à peine l'Orient, mais dès que le bus a quitté la ville, le paysage a changé. Il est devenu poussiéreux, montagneux, nous traversions des petits villages, nous croisions des paysans en *shalwar* montés sur des ânes. Bercées par le roulis du bus, nous avons fini par nous endormir.

Gaziantep, c'est le vacarme permanent. Les frères nous ont fait monter dans une vieille Mercedes et nous ont conduites au *maqar*. Il faisait nuit. Je me souviens qu'Ayat m'a dit ne plus pouvoir contenir les battements de son cœur à l'idée de rencontrer enfin son mari et aussi que j'allais très vite en trouver un pour moi. Et que nous allions concevoir sans tarder les futurs lions de Dieu, *inch'Allah* ! Je n'étais pas aussi pressée qu'elle de convoler, de très loin. Quand la porte du *maqar* s'est ouverte, j'ai reculé de trois pas et je me suis dit que ça n'allait pas être possible. Ça refoulait le vieux chacal, là-dedans. C'était plein de sœurs qui dormaient à même le sol. J'ai commencé à comprendre que ce n'était pas un jeu quand le vieux qui gardait l'endroit a fermé la porte à clé derrière nous. Il ne parlait pas français, et nous pas arabe, et turc encore moins. Ayat a demandé où était son mari. Au bout de quelques secondes, une fille a répondu d'une voix timide qu'on allait venir nous chercher.

– Quand ? j'ai interrogé.

Elle a haussé les épaules et nous a expliqué qu'elle était là depuis trois jours et trois nuits. Il y avait des combats de l'autre côté de la frontière et il fallait attendre. On s'est tassées, blotties l'une contre l'autre sur des nattes crasseuses, et on a tenté de s'endormir en regardant les murs en pisé chaulés de bleu et de vert et constellés de chiures de mouche. J'essayais de ne pas sentir l'odeur des corps. Ça me dégoûtait. J'avais envie de faire pipi. J'ai passé la nuit à me retenir. Au matin, je me suis dit que je préférais encore qu'on me trouve un mari. Tout plutôt que de rester là !

On a encore attendu toute la journée, sans qu'il ne se passe rien. On priait avec les autres sœurs. Celle qui nous avait parlé la veille au soir s'appelait Hasna. Elle venait de Namur, en Belgique, et elle était d'origine turque. Elle nous a assuré que, une fois passé la frontière, on allait bien s'occuper de nous, là-bas, au *Shâm*. Je n'arrêtais pas de me repasser en boucle les vidéos qui montraient comment c'était. Les sourires, les enfants qui jouaient, les frères qui s'étreignaient. J'avais hâte et, surtout, je voulais sortir de là. À un moment, le vieux dont nous avions compris que c'était un imam est entré dans la pièce et il a dit quelque chose.

Hasna a regardé Ayat longuement. L'homme est sorti et Hasna a posé les mains sur les épaules d'Ayat.

– Ton mari est mort en martyr. Je te félicite. Quelqu'un d'autre va venir pour toi. Quelqu'un de bien, par égard pour ton époux qui est au paradis avec tous ceux qu'il a emmenés avec lui.

Vous auriez vu le regard paniqué d'Ayat ! J'ai compris qu'elle ne savait plus quoi faire. Je suis prête à parier aujourd'hui, surtout vu ce qui s'est passé après, que si elle avait pu, à ce moment-là, elle serait rentrée en France direct. Moi-même, je n'en menais pas large. Nous avions soif, nous avions faim. Je puais. Je me sentais impure. Je ne pouvais même pas faire mes ablutions pour la prière. Plus que tout, je voulais me laver. Aux toilettes, il fallait s'accroupir, il n'y avait pas de papier pour s'essuyer, juste un immonde seau plein d'une eau trouble dans laquelle nous trempions tour à tour nos mains souillées. Je n'ai pas tardé à souffrir de diarrhée, comme les autres. Du coup, j'avais encore plus soif. Nous étions toutes plus ou moins dans le même état. Je vous laisse imaginer. Le soir venu, l'imam nous a apporté du thé brûlant aromatisé à la pomme. Ça m'a un peu soulagée et aidée à m'hydrater.

Tout ça pour vous dire que, le lendemain soir, quand la porte s'est ouverte sur un groupe d'hommes et que Hasna nous a annoncé que c'étaient nos maris, je n'ai pas fait la difficile. Je voulais sortir de là, aller au *Shâm* et, surtout, quitter le *maqar* à n'importe quel prix.

Quand Ayat et Redouane ont été présentés par l'imam, j'ai bien vu qu'il se passait quelque chose. Moi, on m'a collée avec Driss. Il est de Sevran, Driss. Avant tout ça, il avait fait de la prison. Je n'étais pas vraiment ravie, pourtant, quand j'ai vu la maison tout en marbre où il habitait à Raqqa, j'ai quand même été soulagée. Tout le trajet, j'avais eu peur qu'il ne m'emmène dans une cagna aussi sordide que le *maqar*. Mais Driss vivait dans une super baraque, parce qu'il était dans la police secrète.

Dire que je lui ai demandé d'intervenir pour qu'on libère ce crétin de Redouane. J'aurais dû lui dire de le laisser croupir en prison, Ayat ne serait peut-être jamais partie. Je la déteste autant qu'elle me manque…

CÉLINE

Je ne sais pas grand-chose des souvenirs de grossesse de ma mère, alors, quand je suis tombée enceinte de Maëlle, j'ai décidé de tenir un cahier pour y noter mes sensations au fil des semaines. J'avais lu ça dans un magazine féminin, je ne me souviens plus lequel. Je collais les photos que Guillaume prenait de mon bidon. J'avais eu beaucoup de mal à tomber enceinte, bien plus que pour Jeanne, ma seconde. Pour elle, tout a été tellement plus facile. Mais Maëlle... J'étais malade, mais malade ! Les premiers mois, je n'arrêtais pas de vomir. J'ai relu le cahier, l'autre jour. Sur la première page, il y a mon test de grossesse. Après toutes ces années, la couleur est partie, on ne voit plus que j'étais enceinte. Mais moi je le sais. J'étais tellement contente. J'espérais que ce serait une fille. Guillaume aussi voulait une fille. On a été servis, on en a eu deux !

La première fois que je l'ai sentie bouger, la première fois que Guillaume l'a sentie bouger, son premier coup de pied, son premier hoquet, la première fois que j'ai vu son cœur battre. J'ai tout noté, là-dedans. On oublie vite... Je voulais tout retenir, ne rien laisser se perdre. Ce cahier, c'est l'une des premières choses que je lui ai données quand elle est rentrée en France. Elle s'est enfermée dans sa chambre pour le lire. C'était avant que je démonte sa porte. Je l'ai entendue pleurer. J'ai ouvert tout doucement, je me suis assise à côté d'elle sur le lit, et d'un coup elle s'est blottie contre moi. J'étais tellement heureuse de retrouver ma petite fille. Elle a reniflé et, au bout d'un moment, elle m'a demandé de lui trouver un cahier du même genre, pour son bébé à elle. Elle a ajouté : « Il manquera le début, mais tant pis. »

Certains parents prennent des notes après la naissance, sur un autre cahier : premiers pas, premiers mots. Moi je n'ai pas eu le temps. La vie allait bien trop vite. Le travail, les courses, la maison, ma seconde grossesse... Mais il y a quand même des choses qui restent gravées dans ma mémoire. Comme cette fois où il faisait si froid – ce devait être à l'hiver 2002 ou 2003, je ne sais plus –, bref, Maëlle était à l'âge où les enfants emploient involontairement des images poétiques. Je lui avais tricoté des gants, des petits gants, et bien sûr ils avaient vite été percés. Elle passait ses doigts minuscules à travers la laine et, un jour, elle a agité son index qui dépassait du gant et elle a dit : « Les trous, c'est comme des fenêtres pour les doigts. » J'ai embrassé ses joues, écarlates, joufflues comme les pommes qu'elle aime tant. Et c'est drôle, parce que, à parler de pommes, un autre mot d'elle me revient. Je venais de lui peler une pomme. Je la lui montre et elle, elle rit et me lance : « Oh, une pomme toute nue ! » C'était la petite fille la plus mignonne du monde. Mais elle avait du caractère, aussi, vous pouvez me croire. C'était une rebelle.

Vous savez quand elle a séché l'école pour la première fois ? Le deuxième jour du primaire ! Oui ! Elle n'avait pas aimé la rentrée au CP, mais alors, pas du tout. Le lendemain matin, elle est allée voir la maîtresse et elle lui a dit qu'elle ne viendrait pas l'après-midi parce que sa maman l'emmenait chez le médecin. Je ne sais pas comment elle s'est débrouillée pour que l'enseignante gobe son mensonge sans même un mot de moi dans le cahier de correspondance. Et le pire, c'est qu'elle a fait la même chose à la maison. Avec un aplomb incroyable, elle m'a affirmé qu'il n'y avait pas école l'après-midi parce que la maîtresse était malade ! Elle avait un culot monstre. En fait, ce n'était pas vraiment une menteuse, à part cette fois-là, je veux dire. Ce qu'il y a, c'est qu'elle a toujours aimé raconter des histoires. Elle a toujours eu de bonnes notes en français. Son plus grand défaut, c'est qu'elle était incapable de tenir sa langue. Les choses ont vraiment commencé à déraper quand Guillaume et moi, on a divorcé. Elle avait huit ans, elle était en âge de comprendre et, en plus, la plupart de ses copines étaient dans le même cas. Ce n'était pas une histoire bien compliquée, juste quelque chose de très ordinaire, au fond. J'imagine que j'aurais même pu essayer de tenir le coup un peu plus longtemps, et peut-être que les choses auraient fini par s'arranger, mais j'ai des doutes, parce que Guillaume n'est pas quelqu'un qui peut changer.

Entre le boulot, les petites, la maison, je n'avais plus du tout de temps à moi. J'étouffais. D'autant que mon mari n'était pas du genre moderne, l'homme qui aide à la maison, vous savez. Il rentrait tard. Cadre chez Orange, ce n'était pas une sinécure. Pour ce qu'il en a été remercié, quand j'y repense, c'était bien la peine ! Je n'avais plus du tout de libido. Je me couchais et je m'écroulais, et lui, pareil. Enfin, c'est ce que je croyais. On s'est enfermés chacun dans sa bulle. Nous n'avions plus d'amis communs. Lui avait ses collègues de boulot, et moi mes copines. Quand j'avais le temps de les voir.

À chaque fois que j'essayais de lui parler, de mettre le doigt sur ce qui ne collait pas, il retournait la situation en m'accusant de ne pas être assez attentive à lui. Du coup, je me sentais coupable, je n'avais même plus envie de me faire jolie pour lui, je ne savais même plus si j'avais un intérêt quelconque en tant que femme. Petit à petit, je me vidais de l'intérieur. J'assistais à la ruine de notre couple comme une spectatrice. J'avais l'impression de regarder quelqu'un en train de se noyer sans pouvoir le sauver, parce que je ne savais pas nager et que j'avais peur de me jeter à l'eau. Au début, je n'ai pas fait attention au fait qu'il prenait son téléphone portable pour aller aux toilettes. Pour aller fumer une cigarette dans le jardin. Mais, au bout d'un moment, c'est devenu tellement évident que je n'ai pas pu ne pas le remarquer. J'ai une théorie personnelle là-dessus. Je pense qu'il voulait que je le grille, qu'il était trop lâche pour m'avouer qu'il y avait quelqu'un d'autre. Alors, il s'est débrouillé pour que je ne puisse pas faire autrement que de tomber dessus. Un dimanche matin, en partant faire son jogging, il a oublié son portable. Il l'avait laissé allumé. Classique. Les SMS n'arrêtaient pas de tomber. Au début, je n'ai pas osé regarder, mais comme c'était sans arrêt, j'ai fini par jeter un œil. C'est comme ça que j'ai découvert l'existence de Solène : 28 ans, blonde, 1,78 m, 95 C, la salope !

Je pouvais juger sur pièce, vu le genre de photos qu'elle lui envoyait.

Alors j'ai décidé de divorcer.

« C'est pas juste. » C'est tout ce qu'a dit Maëlle. Pour une fois, quelque chose lui avait cloué le bec. Elle est partie s'enfermer dans sa chambre tandis que sa petite sœur restait plantée dans la cuisine en attendant le câlin qui allait la consoler.

Le débit de Maëlle s'était brutalement accéléré peu après que Jeanne avait commencé à parler. Une mitraillette. Il y a un âge, vers quatre ou cinq ans environ, où les enfants sont intarissables, des vrais moulins à paroles. Jeanne était tellement soûlante ! Et Maëlle avait si peur de ne pas pouvoir en placer une que son élocution est devenue de plus en plus rapide. Elle ne laissait pas la moindre place à la respiration de crainte d'être coupée par sa sœur.

La première fois où elle a été collée, c'était à cause de ça, justement. Sa grande gueule. Elle venait d'entrer en sixième. La petite copine qui était assise juste à côté d'elle – Maureen, je me souviens même de son prénom – a posé une question au prof de maths à propos d'un exercice qu'elle n'avait pas bien compris. Cet abruti de prof lui a répondu sèchement qu'il n'était pas payé pour ça. Maureen a demandé : « Quoi, pour ça ? » et il a répondu : « Pour répéter tout le temps la même chose. » Bien sûr, ça n'a pas loupé, pour faire bonne mesure, il l'a appelée au tableau pour corriger l'exercice en question. La malheureuse est restée plantée là, muette de honte. Devant toute la classe, il s'est acharné sur elle, assurant qu'elle était tout juste bonne à retourner en CM2. C'en était vraiment trop pour Maëlle. Elle a pris les autres élèves à témoin et s'est lancée dans l'une de ses interminables diatribes. Elle a ramassé une heure de colle. Ce n'était qu'un début. Elle ne laissait rien passer. Quand les enseignants s'immisçaient dans la vie privée des élèves, jugeaient leurs fréquentations, quand ils en humiliaient un ou une en public parce qu'il ou elle avait eu de mauvaises notes, quand ils se servaient du physique des élèves contre eux, à chaque fois Maëlle intervenait. Elle a fini par se tailler une sacrée réputation d'impertinence. Jamais vu une gamine dotée d'un tel sens de l'injustice ni d'une telle logorrhée. Je ne sais pas combien de fois nous avons été convoquées. À peu près autant qu'elle s'est retrouvée dans le bureau du proviseur, je pense. Mais il n'a pas été question de renvoi avant la troisième.

L'adolescence venant, le malaise de Maëlle s'est traduit par une insolence croissante face à l'autorité. Une nouvelle proviseure venait d'être nommée à la tête du collège Berthelot. Maëlle avait pris une fois de plus la défense d'une gamine en cours d'histoire-géo. Elle avait été renvoyée dans les cordes par le professeur et s'était rassise en maugréant : « Putain, fait chier ! » Monsieur Rançal, il s'appelait, le prof. Il s'est aussitôt plaint à la nouvelle principale. Le dossier de Maëlle était déjà bien rempli. Ils ont décidé de faire un exemple. Conseil de discipline. Évidemment, Guillaume m'a chargée à mort. C'était ma faute, je l'élevais mal, etc.

Ça, c'était avant que Maëlle commence à refuser d'aller passer ses week-ends avec son père, lequel s'était entre-temps fait larguer par sa Solène. Il s'était remarié avec une Marie-Françoise qui était plus près de son âge. C'est aussi pendant cette période-là que Maëlle a fait sa première crise d'asthme. C'est arrivé un vendredi soir, je ne suis pas près de l'oublier. On avait mangé des crêpes, puis Maëlle était partie se coucher. Je comatais sur le canapé, plongée dans un documentaire sur la guerre en ex-Yougoslavie. Je la pensais endormie depuis un moment quand elle a débarqué dans la salle à manger en pyjama. Elle était livide, elle titubait et râlait, un bruit de forge enrayée sortait de sa poitrine. Elle cherchait désespérément de l'air. Je n'ai eu que le temps de la coller dans la voiture et de foncer aux urgences du CHU du Mans. Là-bas, ils ont été super. Ils ont compris tout de suite et lui ont fait une piqûre. La crise s'est arrêtée instantanément, mais le médecin m'a annoncé que ma fille était asthmatique et qu'elle ne pourrait désormais pas se passer de médicaments. Sa ventoline n'est jamais bien loin, depuis. Elle m'a même assuré qu'elle en avait trouvé facilement, là où elle était.

Mon salaire d'agent de Pôle emploi ne me permettait pas vraiment ce luxe, mais comme la scolarité de Jeanne ne semblait pas poser de problèmes, je me suis décidée à faire entrer Maëlle dans un établissement privé pour son passage en seconde. À la rentrée suivante, je l'ai inscrite au lycée Notre-Dame et tout est rentré dans l'ordre. Maëlle n'avait jamais eu de mauvaises notes, à part en maths et en physique, mais là, elle s'est littéralement envolée. Elle adorait son professeur de français, monsieur Da Silva. Elle a même ramené un copain à la maison. Hugo, un fort en maths, un petit brun aux cheveux en brosse qui lui arrivait à peine aux seins, c'était drôle. Il l'aidait pour les devoirs. Si j'en juge par sa mine congestionnée quand il sortait de la chambre de ma fille, il s'agissait d'un peu plus que d'un copain. Maëlle, le rouge aux joues, le raccompagnait à la porte sous le regard bougon de sa petite sœur et retournait s'enfermer au milieu des posters de Beyoncé. Je ne savais pas trop quelle attitude adopter. Est-ce qu'il fallait que je lui parle de la pilule ? Elle était si jeune. En même temps, la télé, les magazines n'arrêtaient pas de nous bassiner avec des histoires d'adolescentes enceintes. Après réflexion, j'ai opté pour une conversation sur le préservatif, le sida, les MST... En retour des premiers mots que j'ai hasardés, je n'ai obtenu qu'un haussement d'épaules agacé, assorti d'un : « Mais Maman, tu me prends pour qui ? » sans appel.

Je sais que j'aurais dû être plus attentive. Je n'ai rien vu venir. Ou je n'ai pas voulu voir, ce qui est pire.

Quand elle a commencé à changer.

Parce que, de toute façon, l'adolescence, ce n'est rien d'autre que ça : changer. Ça vous met parfois très en colère. J'essaie de me souvenir comment c'était, pour moi. Le monde des adultes, dans lequel vous entrerez bientôt et qui vous rend folle de rage au point de le refuser. Votre corps, ce qui se passe en vous et que vous ne comprenez pas. Le temps des portes qui claquent.

Alors, forcément, quand Maëlle est passée de la défense de l'environnement à la défense des enfants irakiens et syriens dans les conversations à table, je n'ai rien trouvé à redire, d'autant que, sur l'essentiel, nous étions d'accord. Elle rêvait de partir là-bas, pour aider. Elle trouvait le monde injuste. Rien de nouveau sous le soleil. Je lui répondais qu'elle avait tout le temps, qu'elle irait plus tard, après ses études. Elle répondait qu'elle en avait marre d'attendre d'être grande dans un monde pourri. J'essayais de le lui montrer sous un jour un peu moins noir, ce monde, mais à chaque fois elle me regardait comme si j'étais la dernière des idiotes. Je n'ai pas pris garde non plus aux changements dans sa tenue vestimentaire. J'adorais jouer à la poupée avec elle, l'habiller, lui trouver de jolis dessous de jeune fille, des chaussures. Non seulement elle a cessé de se maquiller, mais elle a commencé à mettre les jupes que je lui achetais par-dessus ses pantalons. Je lui ai dit que je trouvais ça affreux, mais elle a objecté que les femmes n'étaient pas les objets que cette société dégueulasse entendait vendre. Est-ce que moi-même, je ne trouvais pas notre société un peu trop macho ? Est-ce qu'à son âge je ne m'étais pas enfouie sous des pulls informes, des vêtements de surplus militaires ? Je savais ce qu'elle ressentait. Elle avait juste envie de dissimuler un corps qu'elle ne comprenait pas encore, envie d'échapper à des regards d'hommes qui la troublaient. Qui la salissaient dans son innocence.

Ça a vraiment coincé quand on en est venues aux juifs.

Chaque détail m'est revenu après son départ. Elle n'avait pas cours, ce matin-là. Un professeur malade. Pourtant, elle s'était réveillée de bonne heure. Elle qui avait toujours eu besoin d'une grue pour se lever débarquait de plus en plus souvent aux aurores dans la cuisine. Depuis quelque temps, sa chambre était rangée, aérée, et je ne pensais qu'à la féliciter pour ces accès soudains de discipline. J'étais en RTT. J'en profitais pour venir à bout des mûres que j'étais allée ramasser la veille.

La pendule indiquait 08:30. L'heure de la matinale sur Inter. Les Israéliens étaient soupçonnés d'avoir commis un massacre à Gaza. Tout indiquait que Tsahal s'était rendue coupable de crime contre l'humanité. France Inter venait de commenter un projet de plainte émanant de l'Autorité palestinienne et qui allait être prochainement déposé devant la Cour pénale internationale. Maëlle a posé son bol de thé fumant devant elle en soliloquant :

– De toute façon, ça n'aboutira jamais. Il y a trop de juifs à la Cour pénale internationale, et à France Inter, c'est pareil. Ils racontent que des conneries parce qu'ils sont complices. Regarde comment il s'appelle, le présentateur : Cohen. Ils font semblant, mais c'est pour nous endormir. Comme c'est les juifs qui commandent le monde, personne ne fera rien pour la Palestine, et ils veulent l'extermination des musulmans parce que ce sont les seuls qui les empêchent d'accéder au pouvoir mondial.

Un soleil matinal inondait la pièce. Les carreaux de la baie vitrée en étaient déjà brûlants. Toute la pièce embaumait la confiture de mûres en train de cuire dans une bassine en cuivre. J'ai balancé la cuillère sur les tomettes du plan de travail.

– Ah non ! S'il te plaît ! Tu ne peux pas dire ça, Maëlle ! Je ne peux pas te laisser dire ça. Ça suffit, vraiment ! D'accord, les Israéliens sont brutaux, d'accord, ils oppriment les Palestiniens, et même, ils les tuent, et oui, c'est dégueulasse, mais tu ne peux pas mettre tous les juifs dans le même panier, c'est du racisme, à la fin ! Il y a aussi des juifs qui sont contre ce que fait Israël aux Palestiniens !

Elle m'a regardée intensément, je me rends compte à présent que c'est la première fois que j'ai vu passer dans ses yeux quelque chose comme de la haine, et elle a répondu en riant tristement :

– Tu es naïve, Maman. Ou alors tu es complice, toi aussi. Les juifs gouvernent le monde...

– Complice, moi ? Manquerait plus que ça ! Arrête ! l'ai-je coupée. Pas une autre fois le grand complot, d'accord ? Pas le lobby juif, s'il te plaît !

– Et où ils sont, alors, tes opposants juifs ? On les entend pas, à la radio ? À la télé ?

Je me suis mise à bredouiller :

– Dans les manifs, tu sais bien...

J'avoue, je n'étais pas très armée pour la contrer. Je me suis pourtant rappelé un documentaire que j'avais regardé sur Arte la semaine précédente.

– Tu as déjà entendu parler de Shalom Aleykoum ?

Elle n'a pas daigné répondre, mais j'ai vu à son regard soudain intéressé que je l'avais enfin accrochée.

– C'est une organisation juive autrichienne qui vient en aide aux réfugiés syriens, ai-je poursuivi. Tu vois, des juifs qui aident des musulmans. C'est pour ça que ça s'appelle Shalom Aleykoum.

Son portable a vibré. Elle l'a extirpé de la poche de son jogging et a consulté un SMS. Elle a entrepris de répondre et j'ai compris que je la perdais.

– Je t'ai déjà dit que tu devrais arrêter de croire tout ce que tu lis sur Internet, ai-je encore tenté.

Exactement ce qu'il ne fallait pas dire, mais c'était la seule chose que j'avais trouvé à répondre. Maëlle a remballé son smartphone et sifflé entre ses dents :

– Et toi, tout ce qu'on dit à la radio et à la télé ! C'est n'importe quoi, ton histoire de Shalom Aleykoum.

Elle s'est levée en abandonnant là son bol de thé qui refroidissait et elle est allée se réfugier dans sa chambre. La porte a claqué, une fois de plus, et j'ai entendu le joyeux bruit de son ordinateur qui s'allumait. Je bouillais. Shalom Aleykoum n'était pas n'importe quoi.

C'était une ONG juive, une organisation qui l'aurait même enthousiasmée à peine quelques mois plus tôt. J'avais vu des Syriens pleurer de joie en réalisant que c'étaient des juifs qui leur venaient en aide à leur arrivée à Vienne. J'étais allée sur leur site, c'était incroyable. Je ne reconnaissais décidément plus ma fille.

Elle n'a réapparu qu'au déjeuner, fringuée comme un sac à patates. Elle boudait. Elle a à peine picoré. J'ai essayé de trouver un terrain de conversation plus consensuel :

– On ne le voit plus beaucoup à la maison, Hugo, vous êtes fâchés ? Et Rihanna ? Elle ne vient plus non plus ? Elle n'est plus malade, si ?

Rihanna était la meilleure copine de Maëlle. Même si elles se voyaient moins depuis l'irruption d'Hugo dans sa vie.

Maëlle n'a pas répondu. Elle s'est contentée de s'emparer de son sac.

– Faut que j'y aille, je vais rater le bus.

HUGO

Quand je l'ai vue arriver en seconde, à la rentrée, j'ai tout de suite craqué. Je ne pouvais pas m'empêcher de la regarder. Ses longs cheveux châtains qui tombaient sur ses épaules, sa façon de s'habiller, de marcher, de parler, tout me plaisait en elle. Le plus dur, c'était de l'observer sans que les autres s'en aperçoivent. Autrement, je ne vous dis pas les vannes. Elle s'asseyait toujours à côté de Rihanna. Je les regardais rire et se pousser du coude, leurs épaules se touchant. Je me demandais ce qu'elles pouvaient bien se raconter de si drôle. Simon, lui, un grand roux aux dents en avant, était nettement moins sexy, mais c'était mon voisin de classe et nous étions copains depuis la sixième. On joue encore au foot ensemble. Maëlle était excellente en français, en histoire-géo, en anglais et en espagnol, mais elle était absolument nulle en maths. Aussi nulle que je suis bon.

Je ne remercierai jamais assez la grippe qui a sévi à l'automne, et particulièrement chez Rihanna, le jour du contrôle de maths. Sa place était restée vacante. J'ai regardé Simon, je lui ai dit : « Désolé, mon pote », et je me suis levé pour aller m'asseoir à côté de Maëlle. Simon m'a balancé un clin d'œil et je lui ai fait un doigt en guise de réponse.

« Je peux ? » j'ai demandé à Maëlle. Elle n'était pas du genre à traîner avec des garçons ni rien, mais elle n'était pas bêcheuse non plus. Elle m'a simplement dévisagé. Elle était surprise, je crois. J'ai chuchoté : « Je t'aiderai. » Les raclements de pieds de chaise, les grincements ont pris fin et je me suis assis d'autorité à côté d'elle. Monsieur Laurentin, le prof de maths, a entrepris de distribuer les exercices. On aurait entendu une mouche voler. Le lycée Notre-Dame est comme ça. Les élèves aiment bien rigoler, mais dans l'ensemble on est plutôt du genre studieux. Maëlle a regardé sa feuille ou, plutôt, elle a eu l'air de s'y noyer. Ses cheveux retombaient sur son visage, la dissimulant à ma vue. Laurentin s'est mis à faire les cent pas dans l'allée centrale, histoire de nous rendre bien nerveux. Même pas peur, je savais répondre aux questions les doigts dans le nez. C'étaient des exercices de fractions... J'ai commencé à noircir ma page sans trop me préoccuper de Maëlle qui mâchouillait son stylo. Quand j'en ai eu terminé du contrôle, je me suis penché vers elle. Sa page était toujours vierge. Le Bic lui servait à présent à tourner une mèche de ses cheveux. Un doux parfum de vanille m'est monté aux narines. Nous étions placés au quatrième rang. J'ai jeté un regard en coin au prof. Il nous tournait le dos et s'était immobilisé à l'autre bout de la salle, penché sur Gonçalves qui séchait visiblement. J'ai poussé ma copie vers Maëlle jusqu'à ce qu'elle se retrouve pile entre nous deux. Elle a extrait le stylo du fouillis de ses cheveux, m'a regardé et m'a souri. J'ai eu l'impression d'être aspiré au fond d'un gouffre. Putain, le vertige ! Heureusement que ça n'a pas duré longtemps. Elle s'est mise à recopier les opérations à toute vitesse pendant que je faisais semblant d'écrire sur une page qui m'avait servi de brouillon.

Le prof a rendu les copies trois jours plus tard. Maëlle avait la même note que moi. B+, parce que je m'étais planté dans une fractale. On avait fait la même erreur, d'accord, et Laurentin n'a pas été dupe. Je me suis empressé d'aller lui annoncer que, dorénavant, en dehors des cours, j'aiderais Maëlle à progresser. Qu'est-ce qu'il pouvait répondre à ça ? Maëlle m'a remercié. Rihanna devait tenir une grippe sacrément carabinée, parce qu'elle n'était toujours pas revenue.

Depuis le jour du contrôle, je squattais la place à côté de Maëlle. Le lundi suivant, elle m'a demandé :

– Tu vas vraiment m'aider à progresser en maths ?

– Oui, pourquoi ?

– Tu veux pas venir à la maison mercredi après-midi, pour bosser ?

Bien sûr que j'ai dit oui. Demandez à un aveugle s'il veut voir !

Elle a ajouté en me donnant l'adresse :

– Ma mère travaille, il n'y aura que ma petite sœur et moi. T'as qu'à venir vers deux heures, juste après la cantine.

C'était loin, j'ai dû prendre le bus. J'avais l'impression que mon cœur allait exploser, qu'il allait jaillir hors de ma poitrine. J'ai couru comme un fou depuis l'arrêt jusque chez elle. J'ai sonné, je devais être écarlate quand la porte s'est ouverte.

Elle m'a fait la bise et s'est reculée pour me regarder :

– T'es tout essoufflé. T'as soif ? On n'a pas de sodas à la maison, Maman n'aime pas ça. Ah, si ! On a droit à un peu de Coca, il doit en rester, t'en veux ?

J'ai fait non de la tête. Elle m'a emmené dans sa chambre. Là, non seulement je ne pouvais plus respirer, mais je ne pouvais même plus parler. J'avais une boule en travers de la gorge. J'ai commencé à déballer mes affaires de classe pour me donner une contenance. J'ai regardé les posters sur ses murs : Beyoncé, Black M.

– J'aime bien « On s'fait du mal » de Black M, j'ai dit.

Elle a répondu qu'elle aussi et on est restés là, bras ballants, sans savoir quoi se dire. Au bout de quelques minutes qui m'ont paru une éternité, je me suis assis sur la chaise qu'elle avait ajoutée devant son petit bureau et j'ai réussi à croasser :

– Elle est où, ta sœur ?

– Dans la pièce d'à côté.

En effet, j'ai reconnu une chanson d'Hélène Ségara qui montait derrière la cloison.

En montrant le manuel de maths, Maëlle a proposé d'un air dégagé :

– Bon, on s'y jette ?

Elle avait ouvert sur son écran d'ordi la page Web d'un site d'exercices de fractions avec les corrigés. Moi qui me demandais si elle allait m'embrasser ! Je me suis senti tout bête et, du coup, le stress qui me paralysait s'est évanoui. Les maths, au moins, c'était un territoire connu, alors que les filles... Je n'étais jamais sorti avec l'une d'elles jusque-là, même si j'en avais rêvé. On a travaillé d'arrache-pied tout l'après-midi et on a quand même fini par faire une pause. Elle est allée dans la cuisine chercher du jus d'orange et deux parts d'une tarte aux pommes que sa mère avait préparée la veille. Le temps qu'elle revienne, j'ai vu passer un minois par la porte entrouverte.

– Oh, pardon, a fait celle que j'ai supposé être sa petite sœur, je savais pas qu'il y avait quelqu'un.

Elle mentait mal. Je l'ai entendue pouffer et glousser comme une idiote dans le couloir.

Pendant qu'on mangeait nos parts de tarte, Maëlle m'a demandé ce que j'écoutais comme musique, en dehors de Black M. J'ai avoué un penchant pour Shy'm et Maître Gims. Elle aimait bien Shy'm, mais pas Maître Gims. On a discuté un moment là-dessus et puis on a surfé sur les sites d'Ellie Goulding et de H Magnum. On a écouté leurs compos et, pour finir, Maëlle a vérifié l'heure sur son écran avant d'annoncer d'un ton détaché :

– Ma mère va bientôt rentrer.

J'ai compris le message.

– Je vais y aller, j'ai dit.

Je n'avais pas vu le temps passer. Elle m'a raccompagné, m'a collé une bise sur chaque joue. Dehors, il faisait déjà nuit.

Je me suis retrouvé sur le trottoir et mon cœur s'est remis à battre.

On ne s'est embrassés pour de vrai que le mercredi suivant.

Jeanne, sa petite sœur, était allée voir une copine. La maison était silencieuse. Comme la semaine précédente, on a passé la première partie de l'après-midi à travailler. J'étais à peu près certain qu'elle avait compris comment résoudre les équations à une inconnue mais au moment d'aborder celles à deux inconnues, j'ai senti qu'elle n'était pas vraiment là.

Elle m'a coupé au beau milieu d'une phrase :

– Hugo ? T'es déjà sorti avec une fille ?

J'ai honte en repensant à la tête que j'ai dû faire, ma mâchoire inférieure me tombant sur les genoux. Je me suis repris tout de suite, notez. J'ai menti :

– Bien sûr.

– Combien de fois ?

Je n'ai pas répondu.

– Tu voudrais bien m'embrasser ?

Elle me regardait droit dans les yeux, sans ciller.

J'ai senti mes jambes devenir toutes molles, comme du coton, d'un coup. Elle a fermé les yeux, comme si elle attendait que je me décide. J'ai avancé mon visage tout près, je savais que je n'oublierais jamais ce premier baiser, tous les adultes en parlent, mais surtout j'avais l'impression que mon cœur allait exploser. J'ai posé doucement mes lèvres sur les siennes, ça a fait comme un choc électrique quand elles se sont touchées, et j'ai senti sa bouche s'ouvrir, sa langue s'enrouler maladroitement autour de la mienne. Elle avait le même goût de vanille que son parfum. Maëlle a ouvert les paupières et elle a pouffé. Nos dents se sont entrechoquées. J'ai reculé.

– Quoi ? Qu'est-ce qu'il y a ?

– Tu louches ! Ferme les yeux.

– Toi aussi.

– Bon, d'accord. Mais t'es qu'un menteur.

– ... ?

– Ben, t'es jamais sorti avec une fille. Tu sais pas embrasser.

– Et toi, alors ?

– Moi non plus. Mais j'ai jamais dit que je l'avais fait.

Nos visages se sont à nouveau rapprochés et on a recommencé. Et on a passé le restant de l'après-midi à faire ça. On ne pouvait plus s'arrêter. À la fin, c'est à peine si on arrivait à reprendre haleine. À présent, je sais embrasser. Mais c'est difficile d'embrasser et de respirer en même temps. D'un coup, Maëlle est devenue toute rouge, elle m'a repoussé. Elle soufflait en faisant un bruit rauque. J'avais très peur, je ne comprenais pas. Elle s'est précipitée vers son tiroir et en a sorti un inhalateur, et c'est comme ça que j'ai su qu'elle était asthmatique. À la fin, elle m'a raccompagné jusqu'à la porte, elle a posé un ultime baiser sur mes lèvres et elle a glissé un index entre nos deux bouches. Elle a murmuré :

– Chhut... Ne dis rien.

On n'a pas pu cacher très longtemps qu'on sortait ensemble. Simon en a pris son parti. Il faisait un peu la tête parce qu'on ne se retrouvait plus guère qu'à l'entraînement du samedi et aux matchs du dimanche.

Maëlle et moi évitions de nous afficher dans la cour, mais dès qu'on avait franchi les grilles du lycée, on s'en donnait à cœur joie. C'est pour ça qu'on n'a pas tardé à se faire griller.

Comme cette fois où elle a été obligée de me présenter à sa mère qui, un soir, était rentrée un peu plus tôt de son travail. On était allongés en travers du lit, je sais bien que je ne devrais pas vous raconter ça, mais, à l'issue de deux bons mois de négociations, de : « Non, attends, pas maintenant, c'est trop tôt », j'avais enfin réussi à glisser une main sous son pull et son soutien-gorge. On en était là quand on a entendu le pêne jouer dans la serrure de la porte d'entrée. Ou plutôt, quand *elle* a entendu sa mère farfouiller avec la clé. On s'est relevés vite fait. Maëlle était toute rouge, je ne valais sans doute guère mieux.

Sa mère a toqué à la porte de la chambre. Maëlle a ouvert. J'étais déjà sagement assis sur une chaise.

– Maman, je te présente Hugo, il m'aide à faire mes devoirs de maths.

– Alors, c'est grâce à toi que ses notes se sont envolées ?

J'ai trouvé que Maëlle ne ressemblait pas beaucoup à sa mère, qui avait l'air sympa, quand même. Plus tard, j'ai tenté d'expliquer à Maëlle qu'elle avait de la chance d'avoir des parents aussi gentils. Elle a froncé les sourcils. J'adorais ce petit bourrelet qu'elle avait, juste à l'endroit où ils se rejoignaient presque. Elle a lâché entre ses dents serrées :

– C'est parce que tu connais pas mon père.

Elle, elle ne connaissait pas mes parents tout court, sinon elle aurait parlé autrement des siens.

Mon père est officier au 2e Rima du Mans. Capitaine. Ma mère travaille à la comptabilité du mess. C'est là qu'ils se sont rencontrés. Je ne vous dis pas l'autorité. J'ai intérêt à marcher droit.

N'allez pas croire qu'on passait tous nos après-midi à se rouler des pelles. On travaillait et, comme l'avait constaté la mère de Maëlle, ses progrès en maths étaient réels. Elle accumulait les B, à présent.

Parfois, nous discutions au lieu de travailler ou de flirter. De nos rêves, de ce qu'on voulait faire plus tard.

Son ambition, c'était de devenir chirurgienne dans une ONG, genre Médecins sans frontières. Elle savait que, pour faire médecine, il fallait être super bon en maths. C'est pour ça qu'elle tenait tant à progresser. Et qu'elle m'avait laissé m'asseoir à la place de Rihanna. J'aimerais que ce soit aussi parce que je lui plaisais, mais je n'en suis plus si certain, à présent.

Un jour que nous venions d'évoquer nos vies futures, elle m'a lâché qu'elle ne se voyait vraiment pas faire quelque chose d'autre que ça : aider les populations en détresse.

J'ai réfléchi à ce qu'elle venait d'affirmer avant de répondre :

– Mais, si tu passes ta vie à soigner des gens à l'autre bout du monde, tu… tu veux pas d'enfants ? Tu ne veux pas te marier, plus tard ?

– Le mariage, j'ai rien contre, mais je préférerais adopter un enfant malheureux. Ou plusieurs, même. Si je vais dans ces pays, j'en verrai sûrement plein et je pourrai les garder avec moi. Et toi, tu veux faire quoi ?

Moi je voulais, et je veux toujours, avoir des enfants, avec la femme que j'aimerai, plus tard. Et je veux toujours devenir commissaire de police. Plus que jamais, je dirais, après ce qui est arrivé.

Cette fois-là, notre conversation m'avait rendu morose. J'avais bien compris qu'on n'allait pas dans le même sens, qu'on avait vraisemblablement très peu de chances de rester ensemble sur le long terme. Pourtant, à chaque fois que je la retrouvais, le matin au lycée, mon cœur se remettait à battre à toute vitesse. Je me demandais si j'étais amoureux. Comment j'aurais pu le savoir ? C'était la première fois.

Maëlle insistait beaucoup sur l'injustice qui régnait à travers le monde. Elle ne comprenait pas comment les adultes pouvaient nous avoir laissé une planète dans un tel état de délabrement. Les changements climatiques, la pollution, les guerres, la faim, la misère, sans parler de la crise ni du chômage. Ça la mettait dans une rage folle, aussitôt qu'on en parlait.

Je suis plus mesuré ou plus résigné, sans doute, allez savoir. Enfin, pas vraiment. Mon père a servi en Afghanistan, et du coup ma vocation de futur flic a sans doute quelque chose à voir avec l'amélioration du monde. J'aime à penser qu'il a rendu service, lui aussi. C'est juste une autre façon de faire.

Maëlle prétendait que cette société était partiale, qu'elle ne laissait aucune chance aux faibles. Comment lui donner tort ? Elle passait beaucoup trop de temps à regarder des vidéos sur la contamination nucléaire, le trafic des animaux sauvages... Elle n'arrêtait pas d'envoyer des liens sur ma page Facebook. Je ne visionnais pas la moitié de ce qu'elle postait sur son mur.

La première fois qu'on s'est disputés, c'était à cause de Mohammed Merah. Elle prétendait que Merah était un agent du Mossad. La preuve, selon elle, c'était qu'il avait tué en premier deux militaires français qui étaient musulmans, et qu'un musulman n'aurait jamais tué d'autres musulmans. C'était un coup signé des Américains et d'Israël pour détourner les gens de l'islam, pour détruire la religion, elle avait vu des preuves sur le Web. Je lui ai lancé que c'était du grand n'importe quoi. Elle m'a regardé comme si elle me voyait pour la première fois et elle a murmuré :

– Je savais que tu répondrais ça !

Je n'aurais sans doute jamais dû insister, ajouter que je savais de quoi je parlais, vu le parcours de mon père. Elle s'est mise à m'accuser. J'étais dans leur camp. Elle s'en était toujours doutée. J'ai eu beau argumenter, lui expliquer qu'il n'y avait pas de camp, que ce n'était pas une question d'opinions, de croyances mais de faits, pas moyen de discuter. On ne s'est plus adressé la parole pendant deux jours.

Elle s'est même ramassé trois heures de colle à cause de ça, une semaine plus tard. C'est Da Silva, le prof de français, qui l'a punie. Elle avait pris la défense de Myriam Beaulieu. Faut dire que la Beaulieu, elle en tient une couche. Dans son dos, tout le monde l'appelle la Veaulieu. Ce n'est pas très gentil, je sais, mais elle croit tout ce qu'on lui raconte. On parlait de l'islamisme radical, des attentats, alors cette idiote a levé la main pour dire que c'était George W. Bush qui avait commandité le 11 Septembre pour pouvoir attaquer l'Irak et que Merah était un agent à la solde des juifs qui l'avaient envoyé à Toulouse pour discréditer l'islam en tuant des enfants. Da Silva ne s'est pas énervé tout de suite. Il a essayé de lui faire rentrer dans la tête que les sites d'où elle sortait son délire ne colportaient que des rumeurs de bas étage. Il lui a même donné une adresse Internet où tous les hoaxes étaient répertoriés, mais la Veaulieu n'a jamais voulu en démordre. Le prof nous a alors expliqué comment exercer son sens critique en vérifiant les informations à plusieurs sources, en recoupant les faits. Puis il s'est mis à évoquer le révisionnisme, soulignant que ceux qui niaient l'existence de l'avion qui s'était écrasé sur le Pentagone ou qui prétendaient qu'il n'y avait plus un juif dans les tours jumelles au moment de leur effondrement étaient souvent les mêmes qui soutenaient que les chambres à gaz n'avaient jamais existé, et que c'était un délit puni par la loi. C'était ça, le révisionnisme. Il a ajouté que tuer des enfants, qu'ils soient juifs ou non, était l'un des plus grands crimes au monde. La Veaulieu a répondu que les juifs aussi tuaient des enfants et que c'étaient eux qui avaient fait voter la loi sur le révisionnisme pour se protéger, et elle lui a demandé s'il était juif. C'est là que Da Silva s'est mis en colère. Ce n'est pourtant pas le genre. Il a accusé Myriam Beaulieu d'être raciste et antisémite.

– Je suis pas antisémite, monsieur, j'aime juste pas les juifs, elle a répondu, la Veaulieu.

D'un coup, tout le sang s'est retiré du visage de Da Silva. Il a pointé la porte d'un index vengeur :

– Sortez, immédiatement !

Avant que j'aie eu le temps de l'arrêter, Maëlle s'est levée d'un coup.

– C'est pas juste, monsieur ! C'est vrai, tout ce qu'elle raconte. Et puis d'abord, pourquoi vous dites raciste et antisémite ? C'est pas la même chose ? Vous voyez bien que c'est pas juste !

Et elle s'est mise à défendre Merah, comme elle l'avait fait avec moi. Je n'en revenais pas. Une fois qu'elle était lancée, personne ne pouvait l'arrêter. J'ai serré les fesses en pensant : « Mon Dieu, non, c'est pas possible ! » Mais je ne pouvais plus rien faire pour elle. Pour finir, elle a traité Da Silva d'ignorant. Il l'avait pourtant à la bonne, vu son niveau en français. Mais là, il l'a pas ratée.

Trois heures de colle, convocation chez le proviseur. Comme la Beaulieu.

Je sentais bien que j'allais me faire larguer. Je ne serais ni le premier ni le dernier. Les baisers que nous échangions étaient moins fougueux, depuis quelque temps. Ça sentait déjà la fin. Les vacances de la Toussaint arrivaient. Mes parents possèdent une petite maison à la pointe de la Torche, en Bretagne. Elle appartenait à mes grands-parents. Ils sont morts tous les deux dans le même accident de voiture quand j'étais petit, il y a douze ans. Je m'en souviens à peine.

On est partis au bord de la mer, et ça m'a fait beaucoup de bien. Tout le temps qu'on a été là-bas, pas une fois Maëlle n'a répondu à mes SMS, mes mails, mes messages sur Facebook. J'ai tout essayé, les tweets, Instagram. Elle avait des comptes partout. Mais rien. Silence radio. J'ai remarqué que sa page n'évoluait plus. Elle ne postait plus rien. Le jour de la rentrée, elle s'est assise à côté de Souad. Pas besoin de me faire un dessin. Je suis retourné m'installer avec Simon, mais j'avais vraiment du mal à me concentrer. Quand je suis rentré, le soir, ma mère a trouvé que je faisais une drôle de tête. Je n'allais certainement pas me mettre à lui raconter pourquoi j'étais aussi triste. Pas le genre de la maison. Et puis elle pouvait pas comprendre.

Maëlle n'est pas sortie avec un autre garçon. Sa façon de s'habiller, de parler a changé. Elle s'est mise à porter ces espèces de jupes longues informes par-dessus des pantalons noirs, elle attachait ses cheveux avec un bandana. Elle se rebellait de plus en plus souvent contre les professeurs. Tout ce que je lui avais appris en maths s'est évaporé dans l'air glacial de cette fin d'automne. Et puis, un jour, elle a simplement cessé de venir en cours.

FRÉDÉRIC DA SILVA

Il y a certains élèves qu'on n'oublie pas, ceux dont on se souvient même après des années, tandis que d'autres se perdent dans la foule des visages juvéniles qui défilent dans les salles, vague après vague. Il y a, je ne devrais pas dire ça, ce n'est pas correct, même si c'est vrai, ceux dont on sait dès le premier jour, la première heure, la première minute que leur vie sera vouée à l'échec. Je me trompe hélas rarement. Je les reconnais à leur façon de porter sur leurs épaules le fardeau d'une enfance délaissée. Personne ne leur a parlé, ne leur a raconté d'histoires pour les endormir, pour les faire grandir. La télévision leur a servi de baby-sitter. Leurs regards se perdent, ils sont incapables de se concentrer. Ils ne sont pas plus stupides que d'autres ni moins sensibles. Mais voilà, nombre de recoins obscurs de leurs cerveaux n'ont jamais été illuminés. Ils se sont abîmés dans cette forme particulière de léthargie où la négligence de leur entourage plonge certains enfants pour le restant de leurs jours.

Maëlle Le Bihan faisait au contraire partie de ceux qui demeurent longtemps dans la mémoire d'un enseignant. Pas parce qu'elle était en quelque sorte dotée d'un sens inné de la grammaire et de l'orthographe. Enfin, pas seulement. Mais aussi parce que j'avais trouvé dans ses rédactions une dimension littéraire qui semblait sortie de nulle part.

J'ai toujours cru son talent lié au fait qu'elle avait un rapport au monde profondément engagé. La plupart des filles de son âge – sans parler des garçons, infiniment plus lents à s'éveiller – ne réagissent guère aux textes poétiques, qu'il s'agisse de Rimbaud ou d'Apollinaire. Leurs mots parviennent aux élèves étouffés par le temps, privés de sens. J'ai souvent l'impression qu'ils pensent que les écrivains sont tous morts depuis longtemps. Maëlle, elle, s'était carrément rebellée contre « Mignonne, allons voir si la rose... », de Ronsard. Je me souviens très exactement de sa réaction quand elle a levé la main pour parler :

– Ben voyons, monsieur, c'est ça : « Laisse-toi pécho pendant que t'es encore bonne ! »

La houle des rires s'était brisée contre les murs de la classe tandis que Maëlle poursuivait sa diatribe d'une voix têtue :

– Le discours a pas changé, monsieur, je vous jure. Vous entendriez le même aujourd'hui dans les couloirs du lycée ! C'est typique des mecs.

Maëlle lisait beaucoup et, quand je dis beaucoup, je veux dire que la plupart des adultes ne lisent pas autant. Elle avait dévoré *Les Misérables* de Victor Hugo, et c'est un pavé, croyez-moi. Le lendemain du jour où elle en était venue à bout, elle avait déclaré, toute fière, à la fin du cours de français :

– Ça, c'est un écrivain, un vrai !

Elle trouvait que ce début de XXIe siècle manquait cruellement d'auteurs de son envergure pour dire le monde et son injustice. Selon elle, les romanciers d'aujourd'hui n'étaient pas à la hauteur des enjeux. Je me suis mis à essayer de lui faire lire des polars pour la jeunesse, mais ça ne l'intéressait pas. Elle était vraiment brillante et, pour un professeur, elle était une véritable bénédiction. Pas mal d'adolescents dégringolent à la faveur d'un flirt, mais elle, non. Au contraire, sa relation avec Hugo l'avait dopée. Sans atteindre les sommets desquels elle dominait le français, ses notes en mathématiques et en physique dépassaient très largement la moyenne depuis le début de son amourette avec son nouveau voisin de classe. La seule ombre au tableau, chez Maëlle, c'était son impertinence. Cette insolence chronique constituait peut-être la seule vraie limite à son intelligence. J'ai longtemps pensé que c'était au contraire la preuve d'une belle indépendance d'esprit. Je me suis trompé, je le sais à présent. Et lourdement, au vu des événements qui ont suivi.

Tout a commencé avec cette histoire de Merah et la sortie de Myriam Beaulieu sur les juifs. Les musulmans auraient été en cause, les Arabes ou les Noirs, je vous avoue que j'aurais réagi exactement de la même façon. J'aurais rembarré Maëlle exactement comme je l'ai fait ce jour-là, quand elle m'a traité d'ignorant. On peut dialoguer, argumenter, mais on ne peut pas se laisser rabaisser par un élève devant les autres, fût-il le plus brillant d'entre tous. C'est une question d'autorité. À partir de ce moment-là, je n'ai plus cherché à discuter. Quand on s'est retrouvés dans le bureau du proviseur avec Maëlle et sa mère, elle a continué à se justifier en invoquant les enfants syriens qui mouraient de faim dans les décombres, la complicité de l'Occident dans ce qu'elle appelait un génocide – et je me demande parfois si elle n'avait pas raison, encore que, avec « Vachard » el-Assad, mieux vaudrait parler de démocide, de massacre de son propre peuple. Mais elle a remis ça avec les juifs qui, selon elle, étaient à l'origine de l'affaire Merah. Ça tournait à l'obsession et c'est à ce moment que j'ai vraiment compris qu'elle était en proie à la théorie du complot. Jusqu'à ce jour, ses qualités intellectuelles lui avaient toujours permis de ranger logiquement les problèmes dans les cases correspondantes. Mais à présent, ses capacités d'analyse n'existaient tout simplement plus. Elle mélangeait tout. Son sens critique était descendu en dessous de la sagacité des moins éveillés des élèves de ma classe de seconde qui passent leur temps à gober les âneries qu'ils dénichent sur la Toile, amalgamées en ragots qui deviennent pour eux des réalités.

Maëlle avait en outre commencé à sécher systématiquement les cours de gym de Luc Hardouin. Il avait fini par signaler ses absences. Il faut que je vous dise quelque chose à propos de Maëlle. Elle n'était pas seulement brillante en français, en histoire-géo ou en anglais. Elle était aussi géniale au handball. Elle tapait deux fois la balle par terre et, au troisième rebond, l'envoyait directement dans la lucarne. Elle ne ratait jamais son coup. Elle était juste époustouflante. Je la revois encore se hissant sur la pointe de ses Nike, se préparant à tirer et sautant, s'envolant presque. Quelle détente ! Je ne sais combien de matchs la classe a gagnés grâce à elle. Luc Hardouin, le professeur d'éducation physique donc, l'adorait littéralement. Et elle avait l'esprit d'équipe, elle n'oubliait jamais d'impliquer ses camarades sur le terrain. Hardouin, qui est un vrai macho, disait qu'elle n'avait rien à voir avec ces filles qui prétextent des règles douloureuses à chaque cours de gym juste pour ne pas propulser leur gros cul sur le terrain ! Quand je pense qu'en plus elle était asthmatique, chapeau ! En fin de compte, peut-être avait-elle pris son handicap comme un défi. C'était bien son genre.

Et donc, elle manquait les cours de gym depuis plusieurs semaines, sans même que nous ayons reçu le moindre mot d'excuse. Ça s'est rajouté au motif initial de sa convocation.

Sa mère ne savait vraiment plus où se mettre. Elle ignorait même que sa fille faisait l'école buissonnière...

Monsieur Langevin, le proviseur, lui a patiemment expliqué que le racisme et l'antisémitisme étaient des délits relevant de la correctionnelle, et que, la prochaine fois, sa fille ferait l'objet d'une mesure d'exclusion de plusieurs jours. Pour le moment, elle écopait d'un simple avertissement, qu'il fallait cependant prendre au sérieux. Céline Le Bihan s'est indignée. Elle s'est mise à défendre sa fille. Non, Maëlle n'était pas une délinquante. Elle a plutôt invoqué l'adolescence et ses tourments, ses crises.

Monsieur Langevin lui a demandé de se calmer et a répliqué sèchement que nous savions parfaitement ce qu'était l'adolescence. Notre lycée hébergeait plusieurs centaines d'adolescents, ce qui nous donnait quelque compétence en la matière. Certes, l'adolescence était une crise, mais cet état ne constituait en rien une excuse à la xénophobie. Il a conclu en ajoutant que les récentes évolutions du niveau scolaire de Maëlle ne lui octroyaient aucune circonstance atténuante, bien au contraire. Enfin, il a rappelé que notre établissement était un établissement privé et que Maëlle pouvait tout simplement revenir à l'enseignement public. La principale intéressée à l'affaire ne pipait mot.

Je n'en revenais tout bonnement pas. Cette gamine avait tout pour elle. Tout. Je n'avais jamais vu une chute aussi vertigineuse, surtout pas aussi rapidement. Elle contemplait ses Nike Air Zoom roses. J'ai détaillé sa tenue vestimentaire. J'aurais dû comprendre. Et même, comment ai-je fait pour ne pas comprendre ?

À la rentrée de novembre, je m'attendais à ce que Maëlle aille rejoindre Hugo, mais elle est passée devant lui sans s'arrêter. Rihanna lui a adressé un sourire. Je me suis dit qu'elle allait récupérer sa copine, mais Maëlle est allée directement s'asseoir à côté de Souad. J'en ai déduit que l'histoire avec Hugo était terminée et qu'elle avait dû avoir des mots avec Rihanna. Je n'ai pas cherché plus loin, sur le moment. Maëlle n'intervenait plus en classe. Ses notes se sont complètement effondrées. Elle n'a pas daigné réapparaître à la gym. Pas une seule fois. Les autres perdaient les matchs à cause de ses absences et ils lui en voulaient, je pense. La classe a fini par abandonner Maëlle dans son coin. Même Souad, sur laquelle – et pour cause – elle avait jeté son dévolu, ne lui adressait que rarement la parole, alors que cinquante centimètres à peine les séparaient l'une de l'autre.

Un matin, Maëlle a cessé de venir en cours. Elle est partie de chez elle quelques jours avant Noël.

JEANNE

Je m'en veux. Je sais bien que j'aurais dû en parler à Maman. Je ne sais même pas pourquoi je n'ai rien dit, en vrai. Maëlle arrêtait pas de me soûler avec ses histoires de planète à sauver. D'accord, je suis pas contre, mais pour elle il y avait que ça qui comptait.

Enfin, sauf quand elle se faisait tripoter par Hugo. Comme si j'étais trop bête pour comprendre ce qu'ils faisaient tous les deux dans sa chambre ! Mais tout ça, c'était avant qu'elle commence à changer. Qu'elle se mette à sécher vraiment les cours, à s'habiller en sac, à délirer sur ses histoires de 11 Septembre, de Merah, d'enfants syriens. Avant qu'elle arrête d'écouter de la musique, de manger du porc et même de manger tout court, enfin, à table, je veux dire.

Je n'oublierai jamais ce jour où elle a débarqué dans ma chambre avec un air de conspirateur. J'étais en train de faire mes devoirs de SVT. J'ai relevé la tête et j'ai compris à la rougeur sur son front que c'était grave. Quand elle est émue, ma sœur a toujours cette espèce de tache rouge qui lui vient au milieu du front.

– Jeanne ? Il faut que je te parle.

Je croyais qu'elle s'était disputée avec Hugo. Qu'elle allait me raconter. On ne le voyait plus à la maison, depuis quelque temps. J'avais hâte, moi aussi, de sortir avec un garçon. Mais pour l'instant, ils ne me calculaient même pas. J'ai vite compris que Maëlle n'était pas venue pour ça. Elle s'est mise à parler d'une voix surexcitée. Elle a commencé à m'expliquer que l'Apocalypse était proche. Que tous ceux qui n'auraient pas réagi à temps et de manière appropriée iraient tout droit en enfer. Que nous pouvions encore être sauvées et peut-être même, avec un peu de chance, emmener nos parents avec nous au paradis. Je me souviens lui avoir répondu que je ne comprenais rien à ce qu'elle me racontait. Elle a pincé les lèvres, ce qu'elle fait toujours quand elle est énervée, et elle a sorti sa tablette, celle que Maman lui avait offerte à Noël l'année d'avant. Elle a commencé à me montrer ses vidéos d'enfants syriens dans les décombres. Je les avais déjà vues mille fois, comme j'avais vu mille fois tous ces documentaires qu'elle accumulait. D'accord, c'est super triste, mais bon, c'est à des milliers de kilomètres, qu'est-ce qu'on peut bien y faire, nous ?

– C'est comme toujours, j'ai constaté, le monde est injuste, mais j'y suis pour rien.

Elle a insisté. Selon elle, si nous restions les bras croisés devant la détresse des Syriens, nous étions des lâches de la pire espèce, parce que nous n'étions pas là où nous aurions dû être, parce que la Syrie, c'était le *Shâm*, la terre sacrée d'Allah, que le *Mahdi* était sur le point d'arriver et qu'il punirait ceux qui étaient demeurés indifférents, qu'il les enverrait en enfer.

– C'est qui, le *Mahdi* ? j'ai demandé.

Maëlle a répondu que c'était le Messie.

– Jésus, tu veux dire ?

Elle a eu l'air encore plus agacée :

– Tu comprends rien.

Elle a entrepris de m'expliquer qu'il y avait une prophétie qui annonçait que le *Mahdi* sortirait des troupes combattantes au *Shâm*. Que peut-être, en ce moment même, il était en train de naître, là-bas. Je devais avoir l'air d'une idiote, parce qu'elle s'est précipitée sur sa tablette pour me montrer que ce qu'elle racontait était vrai. Il y avait plein de vidéos super psychédéliques qui annonçaient l'arrivée du *Mahdi*. J'ai trouvé ça cool, sur le moment. C'était magnifique, ces mecs jeunes et beaux, cheveux et barbe au vent, aussi noirs que les bandeaux qui ceignaient leurs fronts, aussi noirs que leurs drapeaux, et tout ce noir qui faisait ressortir leurs dents étincelantes, leurs sourires éclatants. Ils s'étreignaient au ralenti, dans une lumière si belle qu'on aurait dit celle du début de l'univers. Tous ces gens avaient l'air tellement heureux. J'étais fascinée par ces visages d'hommes, d'enfants, baignés d'espoir, que montraient les vidéos de Maëlle, loin des ruines, des joues creusées par la faim et la maladie des films qu'elle avait fait défiler en premier.

C'étaient des héros, c'était sûr. Après ça, elle m'a montré plein d'autres clips où on voyait la fin du monde, le Diable, *Sheitan*, comme ils l'appellent là-bas, et qui annonçaient l'Apocalypse. Ça ressemblait à *Game of Thrones*, mais en plus kitsch. Si, je vous jure, c'est possible.

– C'est un film ? j'ai demandé, scotchée. C'est super bien fait !

– Non, ma sœur, c'est vrai, c'est la réalité, c'est là-bas, au *Shâm*.

Quand elle m'a appelée « ma sœur », j'ai bien compris que ça n'avait pas la même signification que d'habitude. D'abord, Maëlle m'appelle jamais « ma sœur ». Je suis pas idiote, quand même, je sais bien qu'on est sœurs.

– C’est quoi, vraiment, ton *Shâm,* là ? j’ai encore demandé.

Maëlle m’a patiemment expliqué que c’était la terre élue par Allah, par Dieu, celle qui avait le plus de valeur à Ses yeux.

– Il y a un texte sacré qui dit : « L’affaire en viendra à ce que vous serez plusieurs groupes constitués : un groupe au *Shâm*, un en Irak et un au Yémen. Choisis le *Shâm* car il est ce que Dieu a choisi de Sa terre. Il y attirera ceux qu’il a choisis parmi ses serviteurs. »

Elle a ajouté que Dieu l’avait appelée, elle, qu’Il l’avait sauvée, et qu’elle aussi pouvait à présent me sauver, moi. J’ai dû la regarder avec de grands yeux étonnés. Faut vous dire qu’à la maison la foi avait toujours été absente des discussions familiales jusque-là. On n’en parlait jamais, en dehors des devoirs à faire pour le cours d’histoire des religions.

Maëlle s’est assise sur le bord de mon lit, à côté de moi, elle a pris mes mains entre les siennes.

– Tu sais comme je suis fâchée avec Papa.

Elle n’avait pas besoin de me dire pourquoi.

– Je me sentais tellement désemparée. Je pensais que je ne valais plus rien, jusqu’à ce que je rencontre quelqu’un, sur Facebook. Quelqu’un qui m’a ouvert les yeux. Tout a commencé à cause d’un rêve que j’ai fait il y a quelques mois, tu sais, le genre de rêve qui peut pousser des gens à croire en Dieu, à se convertir... C'était ce genre de rêve-là, exactement. Après, j'ai connu un musulman sur Facebook, qui m'a initiée à l'islam. *Avant* de le retrouver, je *savais* que je devais rencontrer quelqu'un sur une page Web bien précise, je *savais* l'âge qu'il aurait et je *savais* pour quelles raisons je le rencontrerais, et ça s'est produit comme dans mon rêve : c'était lui. J'avais cette profonde intuition que tout se déroulerait exactement ainsi. Je le connaissais que par son pseudo, au début. On s'est rencontrés en octobre dernier, je m'en souviens trop bien. Le plus bizarre, en fait, c'est que j'ai rêvé de lui *avant* de le connaître. Dans mon rêve, je marchais vers un feu en hésitant, comme pour y chercher quelqu'un sans savoir qui c'était. Et il est sorti du feu en courant, il est passé devant moi sans me regarder, puis il a fait demi-tour et il est revenu vers moi. Il m'a prise par la main et m'a tirée doucement dans la direction opposée au feu, pour m'en éloigner. Il me disait de venir avec lui, mais moi je refusais et je lui ai lâché la main. J'allais prononcer son prénom, mais j'ai réalisé que je ne le connaissais pas... Je suis restée la bouche ouverte, comme une idiote, et puis je me suis réveillée. Et quelques jours plus tard, je l'ai rencontré sur Facebook... J'ai fait le lien entre marcher vers le feu en rêve et être sur le chemin de l'enfer en vrai, entre le fait qu'un musulman m'initie à l'islam et le fait que, dans mon rêve, quelqu'un cherchait à me sauver du feu... Quelqu'un avec qui je vais me marier.

Là, j'ai carrément bondi de ma chaise.

– Quoi ! T'es dingue ! Maman est au courant ?

Je devais avoir l'air complètement effarée. Elle a ajouté :

– Jamais de la vie, et j'espère bien que tu vas rien lui dire.

Elle a semblé hésiter. Quelques secondes supplémentaires se sont écoulées avant qu'elle poursuive :

– Tu sais, Maman, elle est comme les autres. Elle est avec eux. Peut-être que j'arriverai quand même à l'emmener au paradis si je fais tout comme il faut. Mais il va falloir que tu m'aides.

Et là, elle a commencé à m'expliquer à quel point la religion de l'islam était belle, à quel point Dieu était bon et doux pour ses enfants. Elle se prenait pour une merde avant – selon ses propres mots –, mais Mokhtar lui avait expliqué combien elle était précieuse pour Dieu et comment elle avait été choisie par Lui, et si ça n'était pas une preuve, ça, alors, qu'est-ce que c'était ?

– Mokhtar ? C'est comme ça qu'il s'appelle ? j'ai demandé, soudain intéressée. Il ressemble à quoi, ton Mokhtar ?

Elle a lâché mes mains et s'est levée d'un air décidé.

– Viens, on va dans ma chambre.

Je l'ai suivie comme un zombie. Elle a soigneusement refermé la porte derrière nous et s'est agenouillée devant son lit.

– Tu fais quoi ? Tu vas faire une prière ?

– Mais non, idiote, elle a répondu en rigolant.

Elle a extrait un carton de sous le sommier et l'a ouvert. Elle en a sorti un grand tissu noir, elle s'est relevée et l'a déplié devant elle. Il lui tombait jusqu'aux pieds. Elle l'a enfilé. Il cachait son corps, ses cheveux, son visage. On ne voyait plus que ses yeux.

– Regarde. C'est mon *niqab*. Je l'ai cousu toute seule, en cachette.

Je n'en revenais pas.

– Tu sais coudre, toi, maintenant ?

Maëlle m'a montré les tutoriels qu'elle avait trouvés sur Internet pour faire ses vêtements islamiques soi-même et, surtout, elle m'a montré une photo de son Mokhtar sur Facebook.

J'ai regardé la page, elle était au nom d'Ayat, on y voyait une photo de femme intégralement voilée de noir. J'ai tout de suite reconnu le regard de ma sœur.

– C'est pas ta page Facebook, si ?

C'était plus une constatation qu'une question.

Il y avait des tonnes de messages avec Allah partout, des émoticônes dans tous les sens, des tas de photos de filles voilées avec des noms insensés, genre Fière de mon voile, Sara convertie ou encore des portraits de nanas avec des *hijabs* sur fond noir et blanc, de mecs debout sur des chars, brandissant glorieusement des kalachs, et plein de vidéos avec des titres en arabe, des *likes* par centaines. C'était un mur super actif, j'en revenais pas.

– C'est ma nouvelle page, elle est sous mon nouveau nom.

– Ayat ?

– C'est celui que je me suis choisi. Ayat, ça veut dire « Prophétie » en arabe.

– Et ton autre page Facebook, ton compte Twitter, tout ça ?

Elle a haussé les épaules.

– J'y vais plus. Tiens, regarde, là aussi c'est Mokhtar, elle a dit en faisant défiler son journal.

Moi je le trouvais nettement moins beau que les autres gars qu'on voyait sur les vidéos, mais il était quand même pas si mal. Il posait debout, dans le désert, en treillis, une kalachnikov à la main. Un bandeau noir entourait ses cheveux longs, comme pour les autres, et il y avait quelque chose d'écrit en arabe en caractères blancs sur le tissu. On aurait dit une pub. J'ai demandé à Maëlle ce que ça voulait dire, elle a soupiré.

– Je sais pas, je sais pas lire l'arabe. Mais je vais apprendre. C'est le problème. Tant que je suis là, c'est impossible que je devienne une bonne musulmane, que je progresse dans ma religion. On ne peut vraiment servir Dieu qu'en terre d'islam, tu sais. Mokhtar dit que les mosquées ici sont pleines d'apostats et de traîtres, qu'on ne peut ni les croire ni rien apprendre d'eux. Qu'ils sont ignorants et vendus aux infidèles.

– C'est quoi, un apostat ?

– Un traître.

– Alors pourquoi tu parles des apostats et des traîtres, si c'est pareil ?

Maëlle m'a lancé d'un ton agacé :

– Tu comprends rien, vraiment. Faut que j'apprenne l'arabe, de toute façon. C'est obligé.

– Où ça ?

– Ben, là-bas.

– Parce que tu vas partir là-bas ? Pour de vrai ?

Elle m'a regardée comme si j'étais une attardée mentale.

– À ton avis, je fais tout ça pour quoi ?

Elle a ajouté que, moi aussi, je devrais me convertir.

– Quoi, là, maintenant, tout de suite ? j'ai demandé, et j'ai vu ses yeux sourire dans la fente du *niqab*.

– Non, ma sœur. Prends le temps qu'il faut. Je te donnerai des trucs à lire, je t'enverrai des liens, tu verras. Le jour où tu es prête, ce sera simple. Tu répètes trois fois : « Il n'y a qu'un seul Dieu et Mahomet est son prophète », et c'est tout.

– Quoi, il y a même pas besoin d'un curé ?

– D'un imam, Jeanne. Non, on n'a pas besoin. L'islam, c'est beaucoup plus simple que chez les chrétiens, parce que c'est la vraie religion. La seule.

J'ai considéré ma sœur.

– Dis, t'as pas trop chaud, là-dedans ?

– Naan, au contraire, je me sens bien, je me sens protégée, à l'abri des regards. Je me sens pure. Tu veux essayer ?

J'ai fait non de la tête.

– Allez...

Bon, j'allais quand même pas mourir idiote. J'ai tendu les bras.

– Vas-y, passe.

Je me suis débattue pour l'enfiler. C'est vrai qu'une fois là-dessous on n'était pas si mal. Mais bon, j'ai vite eu trop chaud malgré tout, et puis ça me faisait drôle, j'avais l'impression d'être un mélange de Batman, de Zorro et d'une tente igloo de chez Decathlon.

– Tu l'as déjà porté dans la rue ? j'ai demandé en l'enlevant.

– Tu rigoles ? Je le planque, pour pas que Maman tombe dessus. Tu sais quoi ?

– Vas-y, dis.

– Si tu te convertis, je t'en ferai un. Et surtout, je t'emmènerai avec moi au *Shâm*. Toi aussi, tu trouveras un mari, et nous aurons nos enfants en même temps. Ils grandiront ensemble. Et peut-être qu'une de nous deux enfantera le *Mahdi*. Et alors, on pourra emmener Papa et Maman au paradis.

– Même Papa, tu veux l'emmener ?

Maëlle m'a pas répondu. Je suis retournée dans ma chambre. Tout le temps qu'on avait parlé, de nouveaux messages s'étaient affichés sur son mur, genre « T'es passée où ? », ou des trucs sur Allah, sur la prière. Elle s'était interrompue deux ou trois fois pour répondre, notamment quand Mokhtar s'était manifesté.

« Ayat ? »

« Ayat ? :-)) »

« Ayat ?? T'es là, mon bébé ? »

Elle avait craqué à la troisième injonction. Je m'étais détournée par souci de discrétion, mais bon, en même temps, j'avais pas pu m'empêcher de me rincer l'œil.

Il avait écrit :

« Je t'aime comme jamais je n'ai aimer. Je n'en peux plus de t'atendre. Ce magnifique pays que nous construisons n'en peut plus de t'atendre. Tu verras comme c'est beau, ici. Comme tout le monde t'atend. Il y a tout, ici, tu ne peut même pas imaginé le paradis que c'est. Ici, les femmes sont heureuse et respecté. Beaucoup de sœur était comme toi, perdus. Elles ont une place à elle, à présent, parmi nous, où tout le monde s'aime. Tu verras, tu prendras des cours de tirs, et les sœurs t'ont préparer tout un programme, elles vont t'emmené dans un magasin splendide, ne t'inquiète pas pour l'argent, je paierait tout pour toi, j'ai trop hâte que tu arrive, dépêche-toi ! »

Putain, je savais pas si Maëlle allait prendre des cours de tir, mais, même moi, je pouvais voir que son Mokhtar, il avait sacrément besoin de cours d'orthographe. Quand je pense au niveau de ma sœur en français !

Maëlle a tapé :

« Tu m'aimes vraiment ? »

Il a répondu :

« Je t'aime pour et devant Allah, je nous ai trouver une maison immence. Tu verra, pendant que je combattrai, tu soignera les blessés, tu aidera les enfants. Viens vite, mon bébé. On se vois plus tart sur skype. »

Maëlle amoureuse d'un djihadiste nul en orthographe ? Wouah, j'y croyais pas, même si je pouvais la comprendre. En vrai, je l'enviais même un peu. Juste un peu, parce que la noce… je trouvais ça un peu tôt.

D'accord, j'avais hâte d'être embrassée par un garçon, mais de là à me voir mariée et enceinte d'ici à six mois, et en plus en Syrie, il y avait de la marge, et pas qu'un peu. J'étais chamboulée. Je ne savais pas quoi faire. Est-ce que je devais parler de tout ça à Maman ?

Ce soir-là, je me suis endormie en pensant à ce que Maëlle m'avait raconté au sujet de Papa en juin dernier.

C'était un week-end mémorable. J'avais eu tellement mal au ventre que j'étais restée couchée à la maison. C'est comme ça, les gastros, ça prévient pas. Du coup, Maëlle était partie toute seule chez Papa après le bahut, comme tous les quinze jours depuis le divorce.

Elle était rentrée le dimanche soir avec des valises sous les yeux, le visage bouffi, aussi pâle et décomposé qu'un yaourt périmé. Marie-Françoise – la nouvelle femme de Papa – l'avait raccompagnée. Elle venait juste de la déposer sur le trottoir devant la maison. Elle n'était même pas descendue de voiture. D'habitude, Papa nous ramenait lui-même. Maman a tout de suite vu que quelque chose clochait.

– Ton père t'a pas ramenée ? elle a demandé, tandis que Maëlle, les yeux rouges, restait plantée au beau milieu de l'entrée, son sac avachi à ses pieds comme un chien mort.

Maëlle a fait non de la tête.

– Qu'est-ce qu'il y a, Maëlle ? a demandé Maman. Ça s'est pas bien passé ?

– Si, si, elle a répondu.

Elle avait exactement la même voix qu'une victime de morsure de vampire dans *True Blood*. Elle s'est baissée, a ramassé son sac et elle est montée directement dans sa chambre en traînant les pieds. J'étais pas bien vaillante à cause de ma gastro, mais j'ai quand même entendu Maman appeler Papa dans la foulée pour savoir ce qui s'était passé. Je l'entendais crier :

– Non, mais t'as pas vu l'état dans lequel elle est rentrée !

– ...

– Quoi ? Mais que veux-tu que je dise, mon pauvre ami ? Si tu n'es pas capable de veiller sur ta fille...

– ...

– Hein ? Non, mais je rêve !

Et elle lui a raccroché au nez.

Maëlle n'a jamais voulu retourner chez Papa. Ni pour un week-end ni pour les vacances. En fait, elle ne l'avait pas vu depuis plus d'un an quand elle est rentrée de Syrie. Moi, j'y vais toujours, je me plains pas, Marie-Françoise est cool et, en plus, je l'aime bien. Papa aussi, je l'aime bien. Mais il est triste. Il se fait soigner pour ça. C'est une dépression, d'après ce que Marie-Françoise m'a expliqué. Il a du mal à accepter de n'avoir jamais retrouvé de travail. C'est ce qu'elle prétend, en tout cas.

Enfin, je suis quand même contente de rentrer à la maison le dimanche soir, parce que l'ambiance chez Papa est loin d'être marrante. J'avais beau poser des questions à Maëlle sur ce fameux week-end, elle voulait jamais répondre. Elle se contentait de hausser les épaules. En réalité, il s'est écoulé plus d'un mois avant qu'elle m'avoue ce qui s'était passé ce week-end-là. À force de la tanner, elle a fini par me raconter, un samedi soir où on s'était retrouvées toutes seules à la maison. Maman était sortie avec des copines et on s'était octroyé une soirée pyjama entre filles, à regarder la saison un d'*Awkward*, affalées sur le canapé, en bouffant des chips bien grasses. Le coup du suicide raté dans le premier épisode. Je pense que c'est ça qui a servi de détonateur. Après qu'on a eu maté toute la saison un, je lui ai reposé la question pour Papa. Et cette fois, elle a craqué.

Il était venu la chercher à la sortie du collège et l'avait emmenée directement chez eux, du côté de Sablé, là où il habite maintenant avec Marie-Françoise. Déjà, au déjeuner du samedi, il faisait la tête. Marie-Françoise avait pris Maëlle à part :

– Ton père est pas de bonne humeur, aujourd'hui, tu sais. Son chômage s'arrête lundi, il ne va plus rien toucher et il n'a toujours rien retrouvé. Il a envoyé des dizaines de CV, mais il a pas eu une seule réponse. Et maintenant, ça fait trop longtemps qu'il travaille plus, personne voudra de lui, à son âge. Il vient seulement de le comprendre. Faut être gentille avec lui, ça fait trois jours qu'on s'engueule sans arrêt, tous les deux.

D'habitude, Papa essayait toujours de faire quelque chose avec nous, une promenade, une visite. Mais là, rien. Il s'est collé devant la télé au prétexte d'un match de rugby. Bon, Maëlle s'en fichait un peu vu qu'elle avait un gros contrôle le lundi matin et plein de devoirs à faire entre-temps. Quand elle en a eu terminé, elle a accompagné Marie-Françoise au Leclerc de Sablé. Papa est resté vautré dans son fauteuil, à fumer pire qu'un diesel encrassé. Il s'est resservi un whisky. Marie-Françoise a fait remarquer que c'était le troisième de l'après-midi. Papa a haussé les épaules, alors elles sont allées sortir la voiture du garage. Le soir même, le gros nuage qui planait sur la maison a crevé et l'orage a éclaté. Papa avait picolé tout l'après-midi. Sa voix était devenue pâteuse, a raconté Maëlle. Il arrivait à peine à articuler. C'est là que Marie-Françoise a fait le truc qu'il ne fallait évidemment pas faire. Elle a entrepris de lui donner une leçon de morale. Obligé, ça s'est mal passé. Papa a envoyé valser son assiette et son verre. Il titubait quand il s'est levé en criant :

– Fous-moi la paix ! Arrête de me protéger, nom de Dieu ! Tu vois bien que je suis un raté ! Et si tu le vois pas, moi, je le vois ! Une merde, je suis qu'une merde ! J'ai tout foiré, mon boulot, mon couple ! Tout !

Il s'est retourné, il a désigné Maëlle d'un index aussi tremblant que rageur – je vous raconte ça comme si j'avais été là, mais ma sœur m'a décrit tellement de fois la scène, depuis, que j'ai l'impression d'y avoir assisté en vrai – et il a dit :

– Même elle, je l'ai ratée !

Là-dessus, Marie-Françoise s'est fâchée à son tour. Elle s'est levée d'un bond.

– Tu te rends compte de ce que tu viens de dire ? C'est monstrueux ! T'as pas le droit de dire une chose pareille ! Excuse-toi tout de suite !

Papa l'a regardée comme s'il la voyait pour la première fois et il a dit comme pour lui-même :

– De toute façon, je reste avec toi rien que pour le confort, parce que t'as un boulot et que je suis qu'un minable qu'a pas le courage de te quitter.

Les lèvres de Marie-Françoise se sont mises à trembler, les larmes ont jailli de ses yeux, ses poings se sont fermés, ses mâchoires se sont crispées. Maëlle prétend qu'elle a même entendu grincer ses dents. Elle a fait demi-tour, elle a marché jusqu'au portemanteau, elle a enfilé un imper, elle a ouvert la porte et elle a disparu dans la nuit. Papa a rebondi contre les murs jusqu'au salon. Il s'est effondré dans un fauteuil face à la télé qui était restée allumée, et Maëlle est restée là, toute seule à table, sans savoir quoi faire. Elle aussi, elle avait les boules, grave, à cause de ce que Papa venait de lui dire. Pour s'occuper, elle a débarrassé, ramassé les débris de l'assiette et du verre de Papa, et rangé les couverts dans le lave-vaisselle qu'elle a mis en route. Ensuite, elle est montée dans sa chambre comme un zombie de *The Walking Dead* en se jurant de foutre le camp dès le lendemain matin, à la première heure, d'appeler Maman pour qu'elle vienne la chercher.

Elle a mis super longtemps à s'endormir, et quand Papa est venu s'affaler dans son lit au beau milieu de la nuit, elle a pas compris tout de suite. Elle a juste senti un poids sur sa poitrine, elle a crié, elle s'est débattue et elle a enfin réussi à se dégager en rampant. Le couloir était allumé. Elle s'est mise debout et a regardé le lit tout chamboulé. Elle a fini par comprendre ce qui venait de la réveiller. Papa s'est tourné sur le dos, péniblement, la respiration sifflante.

Il a bredouillé un truc incompréhensible.

– Papa ? Qu'est-ce que tu fous dans ma chambre au milieu de la nuit ? a demandé Maëlle.

– Vvvais mourr... Mourir. Pris des cachetons...

– Papa ? Qu'est-ce que t'as fait ? Dis-moi ! Qu'est-ce que t'as fait, merde !

– Rien à fout' ! Allez tous vous faire vvv... vous faire ffff...

De la bave s'est mise à couler sur son menton. Il n'arrivait même plus à articuler.

Maëlle s'est précipitée dans la salle de bains et elle a vu la boîte de somnifères vide. Elle a foncé sur le téléphone et elle a appelé le Samu, et aussi Marie-Françoise, sur son portable.

Pauvre Papa, c'est quand même vrai qu'il a tout raté, même son suicide. Le temps que les secours arrivent, il avait déjà tout gerbé dans les draps. Pas étonnant, avec tout ce qu'il avait bu ! Marie-Françoise lui a pardonné. Mais pas Maëlle. Après cette fois-là, elle n'a jamais voulu y retourner, même pas aux grandes vacances ni à la Toussaint, je vous dis. Elle prétendait que Papa n'en avait rien à faire d'elle. Qu'il ne l'aimait pas, qu'il ne l'avait jamais aimée. Maman a eu beau insister, Maëlle n'a pas cédé. Alors Maman a fini par laisser tomber. C'est pas très longtemps après que ma sœur a commencé à parler de se faire faire un piercing au nombril, et des tatouages, aussi. Qu'est-ce qu'elles ont pu s'engueuler à cause de ça, avec Maman ! Et comme en plus elle répondait aux profs, Maëlle s'est retrouvée à Notre-Dame à la rentrée. Franchement, quand je vois Papa conseiller à Maman de démonter la porte de la chambre de ma sœur sous prétexte qu'elle prie et qu'il faudrait pas qu'elle transforme sa piaule en mosquée après ce qu'elle a fait, j'ai envie de vomir. De quoi je me mêle ! Si elle avait pas été là, cette nuit-là, il serait peut-être mort à l'heure qu'il est.

C'est dans les quelques semaines qui ont précédé son départ que Maëlle a le plus changé.

Elle n'arrêtait pas de me mettre la pression, style « si tu ne te convertis pas, tu iras en enfer, tu ne peux pas rester là les bras croisés pendant qu'on tue des enfants à trois heures et demie d'avion d'ici, sinon tu es juste comme eux ». Les infidèles, vous savez.

J'avoue, au départ, j'hésitais vraiment. Maëlle, c'est ma grande sœur, je l'admirais, je l'enviais, je la copiais et, bien évidemment, je la jalousais. Mais surtout, je l'aimais et je l'aime encore. Mais là, j'avais de plus en plus de mal à suivre.

OK, elle avait largué Hugo, selon moi, pas une grosse perte. OK, elle avait arrêté le hand où elle excellait, et moi qui suis nulle en sport, je ne pouvais sans doute pas comprendre. Mais alors la musique, les séries télé, comment elle pouvait s'en passer ? Et ce que je captais encore moins, je dois dire, c'était la passivité de Maman. D'accord, elle avait réagi le jour où Maëlle avait parlé des juifs en disant qu'ils avaient organisé la tuerie de Merah, d'accord, elle lui avait passé un super savon quand le proviseur les avait convoquées à cause de l'esclandre que Maëlle avait fait en cours de français, mais pas plus. En comparaison, je trouvais que Maman ne me passait pas la moitié de ce qu'elle tolérait de Maëlle. Alors qu'en cours j'étais bien meilleure qu'elle. Enfin, en maths seulement. Mais j'étais en tout cas plus disciplinée, bien moins insolente.

Moi, il suffisait que j'arrive en retard d'une demi-heure à la maison et j'étais sûre de m'asseoir sur les épisodes de *Skins* pour une semaine entière. Bon, en même temps, je les téléchargeais en cachette. Maman est nullissime avec les ordis et le Web, jamais elle ne s'apercevait de rien.

Tandis qu'avec Maëlle elle ne regimbait presque pas. Sur la fin, ma grande sœur ne venait même plus s'asseoir à table avec nous. Un jour, Maman lui en a fait la remarque. Elle avait commandé des pizzas qui nous avaient été livrées toutes chaudes. Réellement, elle faisait tout ce qu'elle pouvait pour mettre Maëlle en appétit.

Ma sœur a enfin daigné sortir de sa chambre, toujours habillée en sac, et elle est descendue nous rejoindre.

– T'en veux ? a demandé Maman. Elles sont encore chaudes.

Debout à côté de la table, Maëlle a regardé les pizzas comme si c'étaient des rats crevés, elle a eu une moue de dégoût, elle a fait non de la tête, et son téléphone a sifflé. Elle l'a sorti de la poche de son jogging pour lire le message. J'ai cru que Maman allait fondre en larmes.

– Il y a combien de temps que tu n'as pas dîné avec nous ? elle a demandé.

Maëlle a remis le smartphone dans sa poche et a haussé les épaules.

– Je sais pas.

– Tu n'avales rien, s'est inquiétée Maman.

– T'inquiète pas pour moi, a rétorqué ma sœur.

En vrai, je savais qu'elle utilisait son argent de poche pour aller manger en cachette dans un kebab du centre-ville qui servait de la viande halal, mais j'ai rien dit.

– Allez, Maëlle, a insisté Maman. Viens t'asseoir un peu avec nous, elles sont délicieuses, ces pizzas.

Ma sœur a regardé Maman comme une complète étrangère et elle lui a lancé dédaigneusement :

– Si tu savais tout ce qu'il y a là-dedans, tu n'y toucherais même pas. C'est de la nourriture impure.

Son iPhone a de nouveau sifflé. Maman a levé les yeux au ciel. Maëlle a lu son SMS. Maman a réessayé, elle avait du mérite, moi je savais bien que c'était une cause perdue.

– Qu'est-ce que tu racontes, ma petite fille ? Tu adorais les pizzas il y a encore trois semaines. Tu fais un régime, ou quoi ?

– Maman...

– Oui ?

– Tu ne sais ni ce qu'ils mettent dedans ni ce que ça nous fait. Sinon, je t'assure que tu n'en mangerais pas.

– Explique-toi, pour l'amour de Dieu !

– Justement, tu ne crois pas si bien dire quand tu parles de Dieu. Cette nourriture est impie. Elle est fabriquée pour prendre le contrôle de nos esprits et de nos corps.

– Ah, revoilà la théorie du complot !

Maëlle s'est renfrognée. Re-sifflet du portable dans sa poche. Je me demandais si c'était son Mokhtar.

– Je savais bien que tu réagirais comme ça. On me l'avait bien dit.

– *On* ? Mais qui est *on*, Maëlle ? Et qui sont ces gens supposés ourdir un complot pour nous empoisonner, selon toi ?

– Les Illuminati, Maman. Ils travaillent avec les Américains et les juifs. Ils veulent prendre le contrôle du monde et le mener à sa perte. Ils sont d'essence diabolique.

– Ah, non, Maëlle ! Ça ne va pas recommencer ! Pas ça ! Ça ne t'a pas suffi, l'autre fois au lycée ? Tu veux être exclue ? C'est ça que tu veux ? Avec ce que ça me coûte ? T'as encore trouvé ces conneries sur Internet ! C'est n'importe quoi ! Je te jure, je vais finir par te supprimer ton portable, ta tablette, et résilier tous les abonnements de cette foutue maison.

– Pourquoi est-ce que tu deviens vulgaire ? Ce n'est pas la peine. Ça ne sert à rien et ça n'a aucun sens.

Du coup, Maman s'est calmée. Elle a respiré un grand coup et a essayé de raisonner Maëlle.

– Reste au moins avec nous, si tu ne manges pas, qu'on discute un peu. Parle-moi de ces Illuminati, tiens.

À regret, Maëlle s'est approchée et a fini par s'asseoir à table avec nous. J'avais déjà attaqué ma pizza sous son regard réprobateur. J'avais trop faim, et en plus Maman m'avait commandé une quatre saisons, ma préférée. Je sais même pas comment Maëlle pouvait résister à cette odeur de pâte à pain chaude et d'herbes de Provence qui envahissait la pièce. Elle a de nouveau extirpé le téléphone de sa poche, cette fois pour répondre brièvement à un SMS, avant de se lancer dans ses explications.

Les Illuminati étaient selon elle une société occulte allemande fondée en Bavière à la fin du XVIIIe siècle. On les avait crus disparus, mais ils avaient continué à exister dans l'ombre, jusqu'à aujourd'hui. Ils poursuivaient un plan secret pour dominer le monde et infiltraient tous les courants clandestins de la société, la franc-maçonnerie, la CIA, et surtout ils étaient les vrais conspirateurs des *Protocoles des Sages de Sion*, un plan des juifs pour asservir…

– Encore une fois, non, Maëlle ! Pas de ça chez moi ! l'a coupée Maman. Enfin, tu es intelligente. Réfléchis trente secondes. Les *Protocoles des Sages de Sion* sont un faux. Tu sais pourquoi ce document est devenu célèbre ? Parce que Hitler y fait référence dans *Mein Kampf*. Hitler ! *Mein Kampf* ! Ça te dit quelque chose ?

– N'importe quoi, Maman ! Ce sont des extraits du premier congrès sioniste de Bâle, à la fin du XIXe siècle. Bien sûr que les juifs nient leur existence, ils vont pas se vanter de vouloir conquérir le monde. N'empêche, je pourrais te montrer des tas de sites Internet sérieux qui attestent de l'authenticité des *Protocoles des Sages de Sion*.

Maman a ouvert la bouche pour tenter de répondre, mais Maëlle ne lui en a pas laissé le temps.

– Je la connais, ta riposte. On trouve tout et n'importe quoi sur Internet, et dis-moi que ce n'est pas ce que tu t'apprêtais à dire ! Je te calcule mot pour mot, réplique après réplique après réplique.

Ça lui a coupé la chique, à Maman, vu que Maëlle avait raison, qu'elle allait bien lui répondre ça. J'ai compris que la pauvre était à court d'arguments. Elle a quand même tenté bravement une dernière offensive.

– Maëlle, ce genre de farce a coûté au monde 50 millions de morts entre 1933 et 1945.

Le smartphone de Maëlle s'est remis à siffler.

– Laisse tomber, a conclu ma sœur en se levant, son portable à la main.

Dégoûtée, Maman n'a même pas terminé sa pizza. Je lui ai demandé si je pouvais la finir, on n'allait pas laisser ça, et après je suis allée frapper à la porte de ma grande sœur.

– Mokhtar m'avait prédit qu'elle répondrait comme ça, elle a ricané. Il savait au mot près ce qu'elle dirait. Il m'avait prévenue. Et il avait raison. Elle est intoxiquée. C'est aussi à cause de ce qu'ils mettent dans la bouffe. Et toi, tu manges ça ! Ils vont prendre possession de toi. Tu vois, j'y ai échappé parce que j'ai une très grande valeur pour Dieu. Toi aussi, tu peux être choisie par Lui. Mais il faut déjà que t'arrêtes d'avaler ces saloperies. Pourquoi tu crois que je ne mange plus avec vous ?

Maëlle savait toutes les marques qui étaient entre les mains des Illuminati : Nestlé, Danone, Haribo, Miko, des marques qui vendaient des aliments avec des additifs dans lesquels ils mettaient du porc, aussi. Elle m'a donné une liste en me disant que c'était même écrit sur les emballages, et j'ai vérifié, c'était vrai : E 100 à E 111, E 130, 123, 124, 125, 126, 128, 140, il y en avait des centaines, partout, dans les viennoiseries, le pain, les sucreries, les pâtisseries, le chocolat, les pizzas, le beurre, les chips, les glaces, les tartes, les sauces, les sandwichs. C'est là que j'ai commencé à douter, à me dire qu'elle avait peut-être raison. À chaque fois que je me mettais à table avec Maman, j'avais envie de vomir. Au moment des repas, Maëlle restait enfermée dans sa chambre. Au bout de quelques jours, j'ai commencé à m'acheter de la nourriture halal en cachette, ou des légumes que j'avalais en bavardant avec Maëlle. Je me sentais mieux. Je me suis mise à réfléchir sérieusement à la proposition de ma sœur. Peut-être que j'allais finir par l'écouter, par me convertir et partir avec elle. Au moins, je me disais, nous nous ressemblerions, nous serions pareilles, alors que je me sentais chaque jour un peu plus une étrangère à la maison. Je me demande si je ne serais pas allée jusqu'au bout si Maëlle n'avait pas déliré autant à propos de Maman, la veille de son départ.

Je ne m'étais toujours pas décidée. Je n'y arrivais pas. J'aurais peut-être fini par sauter le pas quand même, sans cette conversation.

Ce mercredi après-midi-là, on était allées manger chez Milali, un kebab du Mans. À peine montée dans le bus qui va au centre-ville, Maëlle a enfilé son *niqab*. Elle se cachait de moins en moins, elle voulait le porter en public, elle disait.

– T'es dingue, je te rappelle que le port du voile intégral est interdit en France. Tu vas te faire contrôler, arrêter, et t'es pas près de partir, ma vieille.

Elle a rigolé et elle a demandé :

– C'est quand la dernière fois que t'as vu des flics arrêter une femme voilée dans la rue ?

Pourtant, elle a sans doute fini par penser que j'avais raison parce qu'elle l'a enlevé juste avant de descendre du bus et l'a remplacé par un simple *hijab*. Je n'en revenais pas qu'elle se trimballe avec un attirail pareil. C'est seulement une fois arrivée au kebab qu'elle a remis ça : elle attendait de connaître ma décision. Pendant tout le chemin, son téléphone n'avait pas arrêté de siffler comme un malade. À chaque fois, elle répondait par un court SMS. Même moi j'en pouvais plus.

– Tu peux pas couper ton machin cinq minutes ? j'ai demandé.

Elle a fait non de la tête, et m'a regardée droit dans les yeux.

– Ça y est, je l'ai fait.

– Quoi, tu l'as fait ?

– Je me suis mariée avec Mokhtar.

J'ai vissé mon doigt sur ma tempe.

– N'importe quoi ! Comment t'aurais fait, d'abord ? T'es même pas allée à la mairie, ni rien.

– Sur Skype, idiote.

– Ça n'a aucune valeur, je te dis, c'est n'importe quoi.

– Pas pour l'islam, ma sœur. Bien sûr, Mokhtar pouvait pas demander la permission à mes parents comme on doit faire, alors il y avait un imam à côté de lui qui m'a servi de tuteur. Mokhtar lui a demandé ma main, il a dit oui et on a échangé nos vœux sur Skype, aussi simple que ça.

J'ai sifflé entre mes lèvres.

– Dis donc, c'est moderne, l'islam, j'ai lancé. Alors, t'es vraiment mariée, maintenant ?

– Qu'est-ce que tu crois ? Faut que tu te décides, Jeanne, elle a insisté, tu ne peux pas rester comme ça sans rien faire. Soit tu es avec nous, soit tu es contre nous. Comme Maman.

– Comme Maman ? Qu'est-ce que tu racontes ? Maman est pas contre toi, c'est pas parce qu'elle s'énerve quand on discute qu'elle fait partie des Illuminati.

– Tu te trompes, ma sœur. J'ai fait un rêve où je la voyais me brûler avec un briquet en criant : « C'est le numéro 171 !!! » Quatre mots suivis de 171, c'était trop facile. J'ai cherché sur Internet le verset 4:171 du Coran. Ma mère, chrétienne, qui me brûle à cause du numéro 171 qui correspond au verset du Coran 4:171 qui parle justement de la trinité chrétienne et des chrétiens qui iront en enfer... Ça veut dire qu'elle est avec eux.

J'ai ouvert de grands yeux :

– Maman est pas chrétienne, Maëlle.

– Elle est baptisée, non ?

– Mais elle y croit pas, Maëlle !

Son téléphone a sifflé la mi-temps. SMS. Elle s'est arrêtée de manger. A renvoyé un autre SMS. M'a regardée par-dessus son engin.

– Ne m'appelle plus Maëlle, elle a dit. Je m'appelle Ayat, à présent, tu sais bien. Va falloir t'habituer à m'appeler comme ça. Et toi, quel nom tu vas choisir ?

Je me souviens qu'à ce moment précis je me suis dit que ça n'allait pas le faire. Que c'était vraiment trop pour moi. Que ma sœur était en train de devenir complètement cinglée. Que même ses histoires de colorants auxquelles j'avais cru un temps relevaient d'un pur délire. Tout ça allait beaucoup trop loin.

Je lui ai répondu que j'allais réfléchir et je lui ai demandé quand elle pensait partir.

– Bientôt, très bientôt, elle a répondu.

Le soir même, assaillie de doutes, je suis retournée sur Internet. On trouvait tout un tas de sites où on vous expliquait que l'islam était l'ultime obstacle dressé en travers de la route des Illuminati. Ça, c'était si vous vous contentiez de taper le mot « Illuminati » sur le moteur de recherche, mais si vous composiez « Illuminati hoax », alors, ça devenait un vrai festival. Il y avait de tout. Des sites qui flinguaient à tout va les Illuminati en expliquant que tout ça était du bidon, d'autres qui, au contraire, flinguaient les flingueurs. Pas moyen de se faire une opinion. La seule chose certaine, c'était que ces doux dingues avaient officiellement existé pendant quelque temps à la fin du XVIIIe siècle, comme l'avait expliqué Maëlle. Ça me donnait le vertige, je ne savais plus quoi penser ni quoi faire. J'avais peur de trahir ma grande sœur, de ne pas la suivre quand j'aurais dû. Et si elle avait raison, en fin de compte ? Mais j'avais au moins aussi peur de la laisser partir se faire tuer pour rien en Syrie. Il n'y a pas que des épées, là-bas. Il y a aussi des teubés. Je l'ai compris quand je suis tombée vers deux heures du matin sur cette vidéo où on voyait des futurs martyrs s'entraîner au maniement des ceintures d'explosifs. Il y en avait un qui devait avoir été bercé un peu trop près du mur, ou qui n'avait pas dû comprendre que c'était juste un exercice, parce qu'il a actionné sa ceinture pour de vrai et qu'ils ont tous sauté. Je vous jure qu'on voit ça sur Internet. On dirait un épisode de *Vidéo Gag dans l'État islamique* ! Je n'ai pas beaucoup dormi cette nuit-là. Pour tout vous dire, je me suis réveillée à quatre heures du matin. Allongée dans le noir, j'ai essayé de réfléchir calmement.

Si Maëlle avait raison, Maman était de parti pris. Si Maman avait raison, Maëlle était devenue folle. Personne n'allait me venir en aide. Je me suis dit que, pour la première fois de ma vie, il allait falloir que je pense par moi-même. Je me suis relevée, j'ai rallumé l'ordi, j'ai à nouveau tapé « Illuminati hoax » et, cette fois, j'ai décidé de tout lire sur la question. Enfin, presque, parce que j'ai du mal avec les sites en anglais. J'ai fini par tomber sur un blog qui s'appelle « Hoaxkiller » et qui recense tous les hoaxes. Je me suis dit que j'allais regarder ceux dont je savais qu'ils en étaient vraiment pour voir si le site était sérieux. Je me suis souvenue de deux trucs. L'un était vrai, l'autre était faux.

Dans le premier cas, il s'agissait d'une fillette chinoise qui s'était fait écraser en 2011. Sur la vidéo, on voyait les passants indifférents contourner le corps. Les copines disaient toutes que c'était monté, mais au final l'horrible fait divers avait été authentifié par les autorités chinoises elles-mêmes. Je le savais parce que j'avais parié ma pince à cheveux préférée avec Lucy, ma meilleure copine, et que je l'avais perdue. L'autre ragot était une histoire d'impôt sur les mails que la Poste allait inaugurer. Là, c'était super facile, c'était sorti un premier avril. N'empêche, il se trouvait encore des débiles pour y croire, sur les forums. Dans les deux cas, hoaxkiller.com disait la vérité. Du coup, j'ai creusé de ce côté-là. Et je n'ai pas été déçue. Non seulement cette histoire d'Illuminati, c'était du bidon total, mais tout le reste, la théorie du complot du 11 Septembre et l'affaire Merah, c'était du grand n'importe quoi. J'ai continué comme ça à surfer jusqu'à l'aube. Quand le jour s'est levé, ma religion était faite, c'est le cas de le dire. Je ne pouvais pas croire à tout ce que racontait ma sœur. D'accord, il y avait plein de colorants dans la bouffe industrielle, d'accord, c'était loin d'être bon pour la santé, mais il n'y avait rien là-dedans qui puisse prendre possession de nos esprits. Juste de quoi détruire un peu nos corps. La solution était simple, il suffisait de manger bio et sans colorants. Je me suis fait la réflexion que, en fait, juste en mettant un peu de vérité dans beaucoup de mensonges, c'était facile de les faire avaler, y compris à des gens intelligents.

Je suis partie au collège au radar et je me suis même endormie pendant le cours de français. En rentrant, ce soir-là, je me suis promis d'essayer de parler à Maëlle, même si je savais qu'il y avait de grandes chances pour qu'elle ne m'écoute pas et me range dans la catégorie des infidèles, là où elle avait relégué Maman. Je me suis aussi juré, si je n'arrivais pas à lui faire entendre raison, de tout avouer. Je n'ai pas eu à le faire.

Maëlle n'est pas rentrée. On l'a attendue en vain jusqu'à l'heure du dîner. Maman a commencé à s'agiter, à l'appeler sur son portable. Sans succès.

– Vas-y, Jeanne, à toi elle répondra peut-être. Quand je pense qu'elle est tout le temps pendue à son téléphone ! Si ça se trouve, c'est pour ça qu'on n'arrive pas à la contacter.

J'ai préféré ne rien dire. J'ai essayé plusieurs fois à mon tour de joindre ma sœur, mais je tombais aussi sur sa messagerie. Finalement, Maman a décidé de téléphoner chez Hugo pour la forme, même si nous savions l'une et l'autre qu'elle ne le voyait plus. Elle a fait chou blanc, bien sûr. Hugo ne l'avait pas vue. Maëlle avait cessé de fréquenter ses copines d'avant. Il a juste mentionné un nom : Souad. Le fait que ce soit un prénom musulman m'a tout de suite mis la puce à l'oreille, vous imaginez. J'ai dit à Maman :

– Passe-le-moi.

Hugo n'a pas mis longtemps à me cracher le 06 de la fille, d'autant qu'elle le lui avait glissé en douce quelques jours plus tôt.

SOUAD

Non, mais quelle pimbêche, celle-là ! Sûrement que Hugo n'était pas assez bien pour elle. Je l'aurais trouvé à mon goût, moi, si seulement je lui avais plu. Mais cet idiot n'avait d'yeux que pour Maëlle. Le jour où il est allé se mettre à côté d'elle, je vous jure, j'en aurais pleuré de rage. En même temps, si mon père m'avait surprise en train de sortir avec un garçon, il m'aurait tuée. Mais quand même, elle lui en a fait baver. Je voyais bien, entre eux, avant les vacances de la Toussaint, que ça n'était plus comme avant. Leurs mains ne se rejoignaient plus en douce sous la table. Le pauvre Hugo avait beau essayer d'avoir des petits gestes tendres, comme, je sais pas, moi, lui remettre ses cheveux derrière son épaule tout doucement avec le dos de sa main, juste pour dégager son visage, eh ben non, elle se détournait de lui. La chance qu'elle avait pourtant ! Ma parole, il aurait fait la même chose pour moi, j'aurais fondu, et tant pis pour mon père. Mais elle, rien. Il avait le même air que mon cocker en peluche. Je l'aurais bien consolé. Quand elle l'a planté là le jour de la rentrée, je me suis même dit : « Si elle va se rasseoir à côté de Rihanna, ma parole que je me lève et que je me mets avec lui. » Je m'y voyais déjà. J'étais loin d'imaginer la suite. Mais qu'est-ce qui lui a pris ? Au nom de qui elle est venue s'installer à côté de moi, comme ça, sans me demander la permission ? Alors que jusque-là elle m'avait même jamais adressé la parole ?

Franchement ? J'ai pas compris tout de suite. Il faut vous dire qu'à la maison on n'est pas super pratiquants. On fête l'Aïd, on échange les cadeaux, mais on fête aussi Noël, parce que, sinon, je vous dis pas la tête de mes petits frères. Je n'imagine même pas comment ils pourraient retourner à l'école en début d'année sans se vanter de la dernière console de jeux qu'ils ont trouvée sous le sapin. Ils auraient vraiment trop la honte ! Et pour le Nouvel An, quand les voisins payent le champagne avec la galette des Rois, Papa dit pas non aux bulles non plus. Mais le ramadan, on le fait aussi, bien sûr, même si je déteste, parce que, à chaque fois, le jeûne, il me reste pendant trois mois sur les hanches. Ben oui, je ne mange pas jusqu'à la tombée du jour. Mais, dès que la nuit arrive, Maman sort tout ce qu'elle a passé la journée à préparer, les douceurs, l'*houmous* qu'une voisine libanaise lui a appris à faire, le couscous, la *tchorba*, et la famille débarque, et c'est le festin qui commence. Tu parles que j'ai faim ! J'ai rien avalé depuis la veille au soir. En même temps, j'adore aussi parce qu'on se couche à pas d'heure. On sort de table avec le ventre qui traîne par terre, tu parles d'une diète, et c'est comme ça toutes les nuits, sans parler des virées qu'on fait chez ma tante où c'est encore pire. Ça, on risque pas de mourir de faim pendant le ramadan. Heureusement qu'en plus on ne mange pas le jour, il ne manquerait plus que ça ! De temps en temps, je vais aussi à la prière le vendredi soir. C'est une mosquée assez familiale, où les hommes et les femmes sont ensemble. Là, je porte juste un petit foulard que j'enlève une fois rentrée à la maison. Le voile, c'est pas du tout mon truc, Maman et ma sœur Nawel non plus.

C'est pour ça que j'ai pas compris tout de suite pourquoi Maëlle était venue s'installer à côté de moi. Elle a posé son classeur direct sur la table, elle a chuchoté :

– *Salam aleykoum*, ma sœur.

Qu'est-ce que vous vouliez que je fasse ? Je n'allais pas la virer devant tout le monde. J'ai soupiré et j'ai pensé :

« Tant pis pour Hugo. » J'ai vaguement répondu à son salut tout en me disant : « Non mais, pour qui elle se prend ? Elle me salue en arabe parce que je suis d'origine tunisienne ? » Mais hé, descends de ton nuage, ma fille, je suis française, je suis née en France, et mes parents m'ont mise dans une école catholique pour que je reçoive une meilleure éducation. Ils se saignent pour ça et, pour ça aussi, je les respecte, grave. Je bosse dur, je me fais pas remarquer, j'essaie de me fondre dans le paysage, et celle-ci, elle vient me donner du « *Salam aleykoum*, ma sœur » en pleine classe. Non, mais je rêve ! Et puis je suis pas ta sœur, non plus, j'ai pensé, surtout pas après que t'as fait souffrir Hugo. On n'a pas gardé les cochons ensemble. D'ailleurs, à la maison, il y en a pas, des cochons. Vous pouvez fouiller partout dans le frigo, vous risquez pas de tomber sur une tranche de jambon. Pourtant, à la cantine, je demande rien. Quand il y a du porc, je mets la viande de côté. Si c'est des saucisses, j'en mange pas et j'en fais pas tout un plat. C'est autant de récupéré sur les cornes de gazelle que j'adore. Où j'en étais ? Ah oui. La religion. Elle n'a pas été longue à me brancher dessus. On venait de sortir d'un cours de français. Il faut d'abord que je vous explique que la relation entre elle et monsieur Da Silva s'était considérablement dégradée depuis l'esclandre qu'elle avait fait, juste avant les vacances, à propos de Merah. Elle ne levait plus la main pour répondre, et lui, il ne l'interrogeait plus. Et dire qu'avant c'était vraiment la chouchoute du prof, même qu'on disait qu'il en était amoureux ! Bref, je ne peux pas vous expliquer pourquoi j'ai pas osé la virer, la vérité, j'en sais rien du tout. Je crois que j'ai fini par avoir pitié d'elle. Au début, je la kiffais vraiment pas. Mais je me suis aperçue qu'elle était vraiment seule. Que j'étais la dernière personne à qui elle parlait encore dans ce bahut.

On approchait des fêtes de Noël. On avait cours en salle 132, et voilà pas qu'elle me sort pendant l'intercours :

– Da Silva, tu sais, il est islamophobe.

– C'est n'importe quoi, je lui fais.

– T'as vu comment il m'a répondu, l'autre fois, et puis la convocation chez le proviseur, et tout. Si c'est pas une preuve, ça ?

– C'est pas parce que tu t'es embrouillée avec lui qu'il est islamophobe, Maëlle.

C'est là qu'elle a embrayé sur les enfants syriens. Franchement, j'étais d'accord avec elle. Ce qui se passait là-bas était une horreur, et je le lui ai dit. J'ai même ajouté que mes parents envoyaient de l'argent au Croissant-Rouge pour aider.

– Il y a mieux à faire, elle a murmuré avec des airs de conspiratrice.

Je n'ai pas relevé, il fallait que je file parce que je devais faire une course pour ma mère. On n'en a plus reparlé jusqu'à ce qu'on se recroise le mercredi suivant à la librairie Thuard. Je devais acheter je ne sais plus quel bouquin pour le cours, je me demande si ce n'était pas *Le Malade imaginaire* de Molière. Elle était là, à fureter entre les rayons. Je l'ai observée un moment, avec sa jupe noire passée par-dessus son jean, son pull vert trop large, son foulard noué serré sous le menton. C'était la première fois que je la voyais avec un *hijab*. C'est là que j'ai percuté. Elle s'était convertie. J'en avais déjà vu, des comme elle que les frères avaient pris dans les filets du salafisme. Comme mon cousin Tarek. Barbu, fringué comme eux en djellaba, tout pareil. Je me souviens d'avoir pensé : « Je lui laisse encore un mois et je la retrouve habillée en corbeau. » C'est juste à ce moment qu'elle m'a repérée. Elle m'a souri et elle est venue vers moi. J'étais musulmane, moi aussi. Dans sa tête, ça suffisait à faire de nous les meilleures copines du monde. Quand même ! C'est pas parce qu'on était les deux seules de la classe qu'on allait tout le temps être fourrées ensemble. Le boulet, sinon ! Bon, enfin, on est ressorties du magasin et je me suis dit que j'allais l'accompagner un bout. Je voulais pas être méchante. Mais elle a remis ça avec ses histoires de Syrie. Elle prétendait qu'il ne suffisait pas d'envoyer de l'argent, qu'il fallait que je parte aider là-bas. Que c'était ce qu'elle allait faire. Je lui ai répondu que ce n'était pas mon combat. Que si je devais m'engager dans quelque chose, ce serait ici, en France, pour lutter contre le racisme dont nous étions doublement victimes en tant qu'immigrés de la troisième génération – à partir de combien de générations on n'est plus un immigré, bordel, je voudrais bien qu'on me le dise ? – et en tant que musulmans, dans un pays où on est censés jouir de la liberté de culte depuis la Révolution française.

Vous savez pas ce qu'elle m'a répondu ? Que j'étais une mauvaise croyante. Que si je ne partais pas au *Shâm* – c'est comme ça qu'elle appelait la Syrie – pour aider les malheureux qui mouraient de faim, j'irais en enfer avec toute ma famille.

Faut pas me chauffer trop longtemps, vous savez. Je voulais bien la prendre en pitié, mais là j'ai carrément vu rouge. Non mais, pour qui elle se prenait à me donner des leçons sur l'islam ? Ils sont tous pareils, les convertis, qu'il dit, Papa, et il a raison quand il parle de George W. Bush. Il prétend que c'est un évangéliste intégriste et un alcoolique qui a abjuré la boisson, et que c'est pour ça qu'il a fichu le bazar en Irak. Il dit que c'est un vrai merdier, maintenant, et que la place de cet homme-là serait devant un tribunal pénal international. Il dit aussi que c'est comme les ex-fumeurs qui supportent plus la fumée alors qu'ils ont empoisonné leurs proches pendant des années avec leurs clopes. Comme ceux qui viennent de se convertir à l'islam ou à n'importe quoi d'autre. Ils ont tout à prouver et, du coup, ils sont à fond. Ils croient plus que toi, ils respectent plus que toi, ils prient plus que toi et, surtout, ils te donnent des leçons parce que tu ne montres pas la même ferveur qu'eux. Non mais ça va ! Je vous jure, quand elle m'a sorti ça, j'ai explosé.

– Ben non, tu peux toujours parler, Maëlle. Mais je suis pas une mauvaise musulmane, j'ai répondu.

Je me suis calée au beau milieu de la rue et, là, j'ai carrément vidé mon sac :

– Et puis non, c'est pas mon combat, la Syrie. Et d'abord, Assad, il bombarde aussi les chrétiens. T'es où, quand les chrétiens se prennent des bombes, hein ? Et pour la Palestine, où il y a des chrétiens et des musulmans aussi, je te signale, je t'ai jamais vue descendre dans la rue non plus, il me semble ? C'est facile, maintenant, de me faire la morale. C'est quoi, cette bonne conscience qui t'a poussé, d'un coup ? Tu l'as trouvée sur *Le bon coin*, ou quoi ? C'est pour ça que tu fréquentes plus Rihanna, que tu sors plus avec Hugo, que tu parles plus à personne d'autre qu'à moi, que tu joues plus au handball ?

Tu sais qu'on perd tout le temps, maintenant ? Eh ben moi, j'aime ça, le hand ! Tu crois quoi ? Que parce que t'as dit trois fois « Il n'y a qu'un seul Dieu » – loué soit Son nom –, t'es la musulmane étalon ? Cent dix pour cent halal ? Putain, mais tu parles même pas arabe, t'as pas lu le Coran, t'as jamais mis les pieds dans une mosquée et tu me menaces d'aller en enfer si je vais pas dans ton *Shâm*, là, si je fais pas la *hijra* ?

Elle m'a reluquée, du bout de mes Reebok Princess jusqu'à mon chouchou rose en passant par mon nouveau jean Desigual, et elle m'a balancé :

– Tu t'habilles pas comme tu devrais.

J'ai respiré un grand coup avant de lui répondre, histoire de me calmer, parce que, sinon, ça allait vraiment mal tourner.

– Écoute, Maëlle...

– Tu peux m'appeler Ayat, elle a fait.

– Écoute, Maëlle, j'ai insisté. Tu sais pas de quoi tu parles. Ceux qui t'ont entraînée là-dedans prétendent qu'ils vivent le vrai islam. C'est de la foutaise. J'ai un cousin, Tarek, il a tourné comme toi. Pour moi, l'islam, c'est pas la haine, c'est l'amour. Leur connerie de *jihad*, de tuer les gens, de les torturer comme on voit à la télé, c'est juste une horreur, et ça fait rien que de monter les gens contre nous. Après, ça m'étonne pas que quand ils croisent un épicier arabe, ils aient l'impression d'avoir vu Ben Laden ou que quand quelqu'un dit *Allahou akbar !*, eux, ils entendent *Heil Hitler* et qu'ils aillent mettre un bulletin « Marine » dans l'urne. Tu me suis, là ? Alors, tu me dis pas ce que c'est d'être une bonne musulmane. L'islam, c'est ma culture, même si je suis pas cent pour cent halal. Le catholicisme, c'est la tienne, même si je t'ai jamais vue prier. Et en plus, on est dans une école religieuse qui nous oblige même pas à aller à la messe, qui respecte notre liberté de conscience. Parce que ce qui compte, au fond, c'est qu'on doit pouvoir faire comme on veut du moment qu'on n'emmerde pas le monde. Vu ? Ce que je crois, ça me regarde. Et tu ferais bien de faire attention à ce qu'on veut te faire croire à toi. Parce que sinon, tu vas te retrouver chez Daech en un rien de temps.

Et je l'ai plantée là, au beau milieu de la zone piétonne du Mans, sans lui laisser l'occasion de me répondre. C'est la dernière fois que je l'ai vue. Je m'étais juré que le lendemain, si elle avait le culot de revenir s'asseoir à côté de moi, je me lèverais et j'irais m'installer plus loin. Il paraît qu'elle est rentrée de Syrie, qu'elle est enfermée chez elle à présent. Quand je parlais de Daech, je croyais pas si bien dire.

JEANNE

En vérité, on ne savait même plus à quelle porte frapper. On a fini par se décider à avaler un truc vite fait, je me souviens même plus de ce que c'était, sans vraiment se mettre à table et en se disant qu'elle allait arriver d'un moment à l'autre. J'essayais de me persuader qu'elle finirait vraiment par rentrer, même si, tout au fond de moi, une petite voix commençait à me chuchoter que ça y était, qu'elle était partie pour de bon, sans m'attendre, parce qu'elle avait compris que je ne me joindrais pas à elle et que je ne me convertirais pas non plus.

Je savais qu'il fallait que je parle à Maman mais je n'arrivais pas à me décider. Par quel bout commencer, d'abord ? Je me sentais fautive. J'allais me faire engueuler, et pas qu'un peu. Je me demandais si les gendarmes me mettraient en prison. Vers minuit, Maman a commencé à appeler le CHU, les cliniques, les pompiers et, en désespoir de cause, la police. Maëlle était – elle est toujours – mineure. Normalement, ils auraient été censés faire quelque chose. D'ailleurs, s'ils avaient agi tout de suite, ils auraient peut-être encore pu la rattraper. Je me doutais qu'à ce moment-là elle était encore en France. En même temps, j'ai rien dit non plus. En tout état de cause, je peux donc pas me plaindre de quoi que ce soit. Les flics ont répondu à Maman que Maëlle était une ado, qu'elle avait sûrement découché pour un garçon. Je me souviens d'avoir pensé qu'ils ne croyaient pas si bien dire. Ils ont ajouté que, si elle n'avait pas de nouvelles le lendemain matin, alors elle devrait se rendre au commissariat le plus proche, de toute urgence.

– C'est une gendarmerie, elle a précisé.

Le policier a répondu que ça ferait l'affaire. Il a tenté de rassurer Maman en lui expliquant que deux adolescents fugueurs sur trois étaient des filles de moins de dix-huit ans et que dans quatre-vingts pour cent des cas elles regagnaient le domicile familial dans les quarante-huit heures. Il lui a aussi conseillé de fouiller la chambre de Maëlle en précisant qu'elle y trouverait probablement des indices qui lui permettraient de deviner où sa fille avait fugué.

J'ai senti mes jambes se dérober sous moi. Maman est montée directement dans la chambre de Maëlle. Elle a tout retourné, le matelas, les tiroirs de la commode, la penderie. Quand elle s'est penchée sous le sommier et qu'elle a ramené un carton, j'ai senti mon cœur s'arrêter. Mais le carton était vide. Maëlle avait soigneusement effacé toute trace de sa métamorphose.

– Ses vêtements sont là, a constaté maman. Mais elle a pris sa tablette.

Elle s'est tournée vers l'ordinateur.

– Tu connais le mot de passe de ta sœur ? elle a demandé.

– Facile, j'ai répondu. C'est son prénom.

Maman a allumé le PC et elle a tapé « Maëlle ». Mais la machine n'a pas reconnu le mot de passe.

– Merde, elle l'a changé.

Je me suis mordu la lèvre. J'ai fini par lâcher :

– Essaye « Ayat ».

Maman m'a regardée avec un air bizarre.

– « Ayat » ? Ça s'écrit comment ?

J'ai épelé. Mais il n'y a rien eu à faire. On a abandonné.

– C'est quoi « Ayat » ? a demandé Maman.

– C'est juste un nom, j'ai dit.

– Toi, si tu sais quelque chose, t'as intérêt à parler, Jeanne.

Je vous jure que j'aurais bien voulu, mais les mots ne sortaient carrément pas. Je me suis contentée de loucher sur mes Nike Air, sans répondre.

Vers trois heures du matin, Maman a craqué, elle n'y tenait plus. Elle a prévenu Papa. Une heure et demie après, il était là. On n'a pas fermé l'œil de la nuit. Le jour s'est levé vers neuf heures, maman avait déjà appelé son travail pour dire qu'elle ne viendrait pas, qu'elle avait un gros souci familial. J'avais cours à dix heures, maman a insisté pour que j'y aille. Ça n'allait rien changer, de toute façon, elle a ajouté. J'ai répondu que j'allais m'endormir sur ma table, à cause de ma nuit blanche. Elle a cédé et je suis restée. Une demi-heure après, on est tous montés dans la voiture de Papa pour aller à la gendarmerie. Et là, j'ai craqué, au bout de même pas un quart d'heure. J'ai tout raconté. Je ne sais pas si Maman me pardonnera un jour. Je regrette tellement.

CÉLINE

Peut-être vous est-il déjà arrivé d'entendre des mots dont vous comprenez absolument la signification et, pourtant, de ne pas réaliser leur sens, tout simplement parce que votre cerveau refuse d'affronter la réalité. Eh bien, c'est exactement ce qui s'est passé ce fameux matin où Jeanne a avoué aux gendarmes que sa sœur était partie faire le *jihad* en Syrie après avoir épousé un membre de Daech. Je n'arrivais franchement pas à faire coller les deux choses ensemble : ma fille et cette organisation lointaine qui faisait régulièrement la une des journaux. Je me souviens d'avoir dit :

– Mais qu'est-ce que Maëlle a à voir avec tout ça ? On habite dans la banlieue du Mans !

Cette question ne s'adressait à personne en particulier, et personne n'y a d'ailleurs répondu, parce qu'il n'y avait tout simplement rien à répondre. Je n'ai même pas demandé à Jeanne pourquoi elle ne m'avait rien dit. Je ne pouvais m'empêcher de la maudire, parce que, si elle avait parlé, nous aurions sans doute pu arrêter Maëlle à temps. Mais Kevin Montiron – c'était le nom du brigadier-chef qui nous avait reçus tous les trois après les aveux de Jeanne – m'avait conseillé de ne pas trop l'accabler, de peur qu'elle ne se ferme complètement et ne scelle ainsi des renseignements précieux pour d'autres parents. Et puis je savais bien que Jeanne n'était pas coupable au fond, qu'elle avait dû porter un poids bien trop lourd pour elle. J'ai donc pris sur moi. Ça n'a pas été le cas de Guillaume. Il a les nerfs fragiles. Il n'a même pas attendu que nous ayons quitté la gendarmerie pour se déchaîner sur Jeanne, hurlant : « C'est ta faute ! Tu te rends compte de ce que tu as fait ?! » Jeanne a fondu en larmes, bien sûr, et le brigadier-chef a été obligé de calmer Guillaume. Il lui a fait porter un verre d'eau. Guillaume a demandé s'il pouvait fumer une cigarette. Le gendarme l'a autorisé à le faire, mais dehors. Après que le père des filles a quitté le bureau, Montiron s'est tourné vers Jeanne :

– C’est très grave, ce que tu as fait, tu sais. Si tu étais majeure, ça aurait pu te conduire en prison. Tu t’es rendue complice d’une organisation terroriste.

Elle a bredouillé, visage baissé, contemplant ses genoux :

– Je me suis pas rendu compte.

Les larmes continuaient de lui rouler sur les joues, mouillant son pull, son jean.

– Tu n’as aucune idée de l’endroit où elle se trouve ?

Jeanne a fait non de la tête. Elle a murmuré :

– Elle doit être quelque part entre la Belgique et la Syrie, avec des faux papiers. C’est tout ce que je sais. Je vous ai tout raconté.

Montiron a soupiré, il a posé ses mains bien à plat sur son bureau et il a dit :

– Bon, vous allez rentrer, à présent. Nous allons contacter l’Office central de lutte contre la criminalité liée aux technologies de l’information et de la communication et la Direction générale de la sécurité intérieure. Et nous allons très probablement perquisitionner chez vous. Si jamais votre fille se manifeste, prévenez-nous aussitôt et ne vous éloignez pas du téléphone.

Il en avait de bonnes, lui. J’avais un travail et l’obligation de m’y rendre.

Grâce à un RTT qui traînait, je suis restée sans bouger toute la journée, avec mon portable allumé, au cas où. Mais je ne pouvais quand même pas m'absenter éternellement de Pôle emploi. J'ai donc regagné mon poste le jour suivant. Jeanne est également retournée en cours. Et c'est précisément ce jour-là que Maëlle a choisi pour laisser un message depuis un numéro masqué. Sur le fixe. Alors qu'elle aurait pu m'appeler sur le portable. C'est comme si elle avait voulu éviter de me parler en direct.

J'en aurais pleuré de rage en entendant sa voix guillerette sur la messagerie :

« Allô, Maman ? C'est moi. Je suis désolée si je t'ai fait de la peine. Faut pas. Je pars au paradis sur terre, au *Shâm*, pour réaliser mon rêve. Je suis heureuse. Tout va bien, je vais bien. Ne tentez pas de me retrouver, j'essaierai de donner des nouvelles de temps en temps mais je promets rien. Dis à Papa que je lui ai pardonné et à Jeanne que je l'attends comme on m'attend là-bas, *inch'Allah*. Elle comprendra. »

Quarante-huit heures se sont encore écoulées avant qu'une équipe de l'Office central de lutte contre la cybercriminalité ne débarque à la maison avec les gendarmes. Ils ont fouillé partout et ont fini par dénicher la carte SIM de Maëlle cachée derrière une plinthe de sa chambre. On pouvait toujours s'échiner à l'appeler, elle ne risquait pas de répondre. Ils ont embarqué son PC, ses disques durs, ses cahiers de lycéenne, ses CD, ses DVD, bref, toutes ses affaires.

J'ai attendu qu'ils soient partis – bien obligée ! – et puis j'ai pénétré dans sa chambre. J'ai contemplé le matelas retourné, les tiroirs vides, les placards éventrés. Ils n'avaient presque rien laissé d'elle, en dehors de ses vêtements.

C'était comme si elle était partie une seconde fois. J'ai serré son gros pull orange à torsades contre mon visage, cherchant l'odeur de ma petite fille, essayant de m'en imprégner, de la retenir en moi tout en sachant qu'elle disparaîtrait, elle aussi. Et j'ai fondu en larmes.

J'ai été convoquée quinze jours plus tard. Les gendarmes avaient demandé à Jeanne de m'accompagner.

J'allais encore manquer le travail. Je ne savais pas comment expliquer ce qui nous arrivait, au bureau. Et surtout, je ne voulais pas, surtout pas qu'on sache. J'avais honte. Pas tant de Maëlle que de moi. D'avoir été une mauvaise mère, inattentive, qui n'avait rien vu venir.

J'ai pris rendez-vous avec le docteur Le Dantec, notre médecin de famille. À lui, je pouvais tout dire, il était tenu par une clause de confidentialité. Il n'a pas protesté quand je lui ai demandé de me mettre en congé maladie. Il m'a prescrit des somnifères. Je ne parvenais plus à dormir. C'est de nouveau Montiron qui nous a reçues. Cette fois, il était accompagné d'un homme habillé en civil, qu'il m'a présenté comme Gilles Bataglia, inspecteur de la Sous-direction de la lutte contre la cybercriminalité. Un type dans la trentaine, aux cheveux coupés si court, pour masquer une calvitie naissante, qu'on n'en distinguait pas la couleur. Il portait un gros pull à col roulé dans lequel il flottait un peu et qui lui donnait l'air décontracté d'un geek.

Jeanne et moi, on n'en menait quand même pas large. Sur les conseils du docteur Le Dantec, je l'avais beaucoup entourée. C'était difficile, au début, parce que je lui en voulais, mais j'avais réalisé qu'elle était la seule enfant qui me restait. Le médecin avait raison. Il fallait au moins que je réussisse à protéger celle-là. Elle avait besoin de moi.

Montiron a tout de suite demandé pourquoi le père de Maëlle n'était pas avec nous, bien qu'il ait été également mandé. Qu'est-ce que j'en savais ? J'ai évoqué ses problèmes de dépression.

Le brigadier-chef a haussé les sourcils.

– Bon, on le reconvoquera ultérieurement. Asseyez-vous.

C'était plus un ordre qu'une invitation. Il s'est installé face à nous, dans un fauteuil noir à haut dossier.

Bataglia s'est assis à califourchon sur une chaise, à côté de Montiron. Je me suis attardée sur les affiches de disparus punaisées sur le mur, derrière eux. Des enfants, des adolescents. Des filles, pour la plupart. Des visages souriants du bonheur de l'innocence. Où donc étaient-ils tous passés ?

Montiron m'a tirée de ma rêverie en résumant le rapport qu'il avait sous les yeux.

– La Sous-direction de la lutte contre la cybercriminalité – il a désigné son collègue – nous a communiqué ses conclusions. L'ordinateur de votre fille a parlé et les réseaux sociaux aussi. Nous avons pu reconstituer toute la chaîne qui l'a conduite en Syrie. Il y a un peu moins de trois mois, elle a été contactée sur Facebook par un certain Mokhtar. Ce n'est pas son vrai nom, c'est son nom de guerre. Il s'appelle en réalité Omar Belkacem et il a trente ans. Il est originaire de Villiers-sur-Marne. Nous savons qu'il a participé à plusieurs exécutions filmées. Dont certaines ont été visionnées par Maëlle des dizaines de fois.

J'ai fermé les yeux.

Ma fille n'avait pas pu tomber amoureuse de quelqu'un comme ça. Elle n'était pas mariée à un homme couvert de sang. Elle ne se repaissait pas de l'affligeant spectacle de la barbarie. Impossible. Pas elle. Trois mois. Montiron avait parlé d'un peu moins de trois mois. Maëlle n'était quand même pas devenue une étrangère en si peu de temps ? Je n'arrivais pas à y croire.

J'ai respiré un grand coup. Jeanne a tendu la main pour saisir la mienne, sans oser me regarder. Montiron, qui s'était arrêté le temps de me laisser digérer l'info, a repris son récit.

– C'est ou, plutôt, c'était son nom. Il y a quelques jours, l'organisation État islamique a publié un communiqué annonçant sa mort en martyr à Sadr City.

Je me suis remise à respirer. Maëlle n'avait peut-être pas eu le temps de convoler avec ce type, après tout. Bataglia a émis un raclement de gorge, comme s'il voulait attirer notre attention, ce qui était le cas. Montiron s'est de nouveau interrompu, cette fois pour lui laisser le champ libre. La voix de l'homme au faux air de geek était plus grave et plus posée que je ne l'aurais imaginé.

– Mokhtar et elle sont devenus amis sur Facebook. Il a entrepris de la séduire, de la convertir, puis de l'attirer en Syrie. Pour ce que nous en savons après examen de sa carte SIM, de ses mails et de sa page, elle est passée par la Belgique avant de prendre l'avion pour Izmir avec de faux papiers. Nous ne connaissons pas le nom sous lequel elle a embarqué, mais nous avons découvert qu'elle est partie avec une autre fille qu'elle a retrouvée à

Paris. Une fille du Mans, également. Une certaine Maÿlis Moreau, seize ans, élève au lycée polyvalent Le Mans-Sud, en seconde. Nom de convertie : Amina. Ça vous dit quelque chose ?

J'ai secoué la tête. J'ai regardé Jeanne. Elle a gonflé les joues, laissé sortir l'air entre ses lèvres et a fait non de la tête. Rien non plus.

– Cette jeune fille a également été déclarée disparue par sa famille, le même jour que vous. Une enquête identique est en cours à son sujet.

Je ne comprenais pas. Non, je ne comprenais vraiment pas. Un coup de drague sur Internet, et nos filles étaient englouties par un conflit qui se déroulait à des milliers de kilomètres d'ici ? C'était aussi simple que ça ? Elles n'étaient que des fétus de paille livrés à la bonne volonté d'hommes qui les attiraient dans leurs filets ? Mais où était donc passé leur libre arbitre ? C'est ce que j'ai essayé d'expliquer à Bataglia.

– Non, ce n'est pas aussi simple que ça, madame, a objecté l'inspecteur. Les gens de Daech sont peut-être cruels, mais ils ne sont pas stupides. Ils sont même d'excellents communicants. Leurs vidéos font envie, croyez-moi, et pour un ado épris d'idéaux, c'est très sexy. C'est d'ailleurs leur principal critère de sélection. Trouver des jeunes qui rêvent de s'engager contre l'injustice. Et c'est bien ce qu'ils leur proposent de faire. Ils leur offrent les moyens de réaliser un idéal.

– Mais ma fille n'a rien à voir avec l'islam, que je sache. Elle n'a jamais mis les pieds dans une mosquée, et on ne connaît même pas de musulmans !

– Madame Le Bihan, cinquante-six pour cent de ces jeunes sont dans le même cas que votre fille. La majorité, d'ailleurs, sont des filles, qui n'ont reçu aucune éducation musulmane, voire pas d'éducation religieuse du tout. Mais Daech propose de donner un sens nouveau à leur vie, l'aventure, l'absolu. Comment voulez-vous lutter contre ça ? Même leurs scènes de décapitation semblent tout droit sorties d'une série ou d'un film à gros budget. Tout est là : la lumière, le ralenti, la mise en scène. Mokhtar y est allé doucement, au début. Pas à pas. Il ne lui a pas montré ça tout de suite. Et puis il a été aidé par des converties. Les Françaises, les Belges qui sont déjà là-bas. Elles ont tissé une véritable toile autour de votre fille. Une toile faite de messages sur Facebook, de tchats sur Skype. Elles l'ont poussée à arrêter le sport, à ne plus voir ses copines, à s'habiller autrement, à quitter son petit ami, à cesser d'étudier et, même, d'avoir une vie de famille.

Sur rien de tout ça, je ne pouvais le contredire. Ne l'avais-je pas assez éprouvée, jour après jour, cette lente érosion de la personnalité de Maëlle, que, faute de pouvoir empêcher, je m'étais obstinée à ne pas voir ? Gilles Bataglia m'a raconté comment ils s'y prenaient. Le coup des Illuminati, je connaissais, mais celui des colorants et du porc dans la nourriture, ça, c'était vraiment trop fort. Du coin de l'œil, je voyais Jeanne opiner. Sur elle aussi, Maëlle avait tenté le complot de la nourriture contaminée.

– Le plus terrible, avec les embrigadés, c'est qu'ils deviennent aussitôt des embrigadeurs, et forcenés, croyez-moi. Ils sont terriblement convaincants, parce que terriblement convaincus. Ceux qui les transforment créent chez ces jeunes une véritable dépendance psychologique à l'égard du groupe qu'ils constituent. Peu à peu, l'étau se resserre. Ces adolescents, ces adolescentes ont déjà, à l'origine, une vision du monde plutôt sombre. Les types qui traînent sur le Web à longueur de journée à la recherche d'une proie ferment une par une toutes les portes, une fois leur gibier circonscrit. Toutes les portes, sauf une seule : l'engagement au *Shâm* après la conversion à l'islam. Ils forgent en eux l'illusion d'un monde totalement hostile, entièrement livré aux forces du Mal. Ils renforcent l'auto-estime des jeunes en leur laissant penser qu'ils ont été choisis, élus. Quelle plus grande valeur peut avoir une personne que d'avoir été désignée, appelée par Dieu parmi des milliards d'êtres humains ? Difficile de faire mieux en matière d'absolu, n'est-ce pas ? Pour finir, une fois que le travail est fait, ils entourent leur proie d'un véritable mur de messages qui la désorientent, lui font prendre le monde virtuel dans lequel elle évolue pour le monde réel. Dans la semaine qui a précédé le départ de votre fille, les connexions à sa page Facebook ont dépassé les trois cents par jour. Oui, vous avez bien entendu. Par jour. *Via* son portable, sa tablette, son ordinateur... Les réseaux sociaux sont devenus sa réalité, et c'est vous, sa famille, qui êtes devenus virtuels.

Je me suis rappelé le portable de Maëlle qui n'arrêtait pas de vibrer, de sonner pour annoncer de nouveaux SMS. Je m'étais dit que les ados étaient tous accros à ce truc. Je n'avais pas pris la mesure de l'encerclement dont Maëlle était victime.

– C'était tout le temps, à la fin, a confirmé Jeanne. On pouvait pas en placer une sans qu'elle reçoive un message sur Facebook pour lui demander d'aller sur Skype. Mokhtar arrêtait pas de la relancer jusqu'à ce qu'elle réponde, et ses copines FB voilées, c'était pareil.

Bataglia a acquiescé.

– L'idée, c'est de ne surtout pas laisser de temps aux embrigadés pour réfléchir. Ils leur lavent le cerveau, ils les déshumanisent.

Comment avais-je pu laisser une chose pareille arriver à ma fille ? Et pourquoi est-ce que ça n'avait pas marché sur Jeanne ? Je n'avais pas besoin de me poser bien longtemps la question. Maëlle paraissait taillée sur mesure pour ces salauds. Tout y était. Sa vision désespérée du monde, son sens de l'injustice, sa volonté de changer les choses, d'essayer quand même, l'absence de père, une image altérée d'elle-même...

Jeanne, bien que sa benjamine, était beaucoup plus sûre d'elle.

Après coup, c'était limpide. Maëlle était inratable. Ils avaient dû la repérer facilement. J'ai sorti un kleenex de mon sac et je me suis mouchée. Je n'allais pas me mettre à pleurer comme une idiote devant Jeanne. J'ai demandé :

– C'est comme une secte, alors ?

– Daech n'est pas une secte au sens strict du terme, a répondu Bataglia, mais ils agissent comme une secte. Leurs armes sont les mêmes. On peut parler de dérive sectaire. Et pas seulement pour eux. C'est vrai pour les salafistes en général, et ça vaut pour d'autres religions. Les Témoins de Jéhovah, les Évangélistes, l'Église scientiste n'agissent pas autrement. Ils détruisent le libre arbitre des personnes. Leur personnalité.

– Mais les conséquences ne sont pas les mêmes.

– Vous avez raison, madame. Les mouvements que je viens d'évoquer ne livrent pas de guerre. Le *jihad*, les croisades, c'est autre chose. C'est pour ça qu'on parle de dérive sectaire et pas de secte. Ce que veut Daech, c'est asservir le monde musulman. Le placer en situation de subordination. Les types comme Merah sont l'arbre qui cache la forêt des morts d'Irak, de Libye, du Mali, de la Somalie, du Yémen… Tous ceux qui ne sont pas d'accord avec eux sont des infidèles à leurs yeux. Sans parler, bien sûr, du fait que les sunnites sont en guerre avec les chiites.

Là, ça devenait un peu trop compliqué pour moi. J'ai juste pensé, sur le moment, que je haïssais les religions. Que c'était le prétexte rêvé pour que les hommes continuent à s'entre-tuer au nom du bon Dieu. Je me suis souvenue de la phrase du réalisateur new-yorkais Woody Allen, à qui un présentateur demandait ce qu'il dirait à Dieu le jour où il le rencontrerait. « J'espère que Tu as une bonne excuse », avait répondu Allen.

Comme s'il m'avait entendue penser, Montiron, qui se taisait depuis le début de l'intervention de Bataglia, a soudain déclaré en regardant l'inspecteur :

– Il y a pas mal de temps que je suis gendarme. Assez longtemps pour savoir que les humains n'ont hélas pas besoin de religions pour s'étriper. Elles sont certes un bon terrain de conflit. Mais n'importe quelle idéologie fait l'affaire, quand il s'agit de se massacrer, vous savez.

J'ai médité cette réflexion un petit moment. Jeanne restait elle aussi silencieuse.

– Tout ça ne va pas me rendre ma fille, ai-je conclu.

– Nous sommes désolés, a répondu Bataglia. Je n'ai pas pu remonter jusqu'au numéro masqué qu'elle a utilisé pour vous appeler. Même les adresses IP de ses amis sur sa page Facebook sont inidentifiables. Leurs boîtes aux lettres ont été fermées. Nous avons entendu la mère de Maÿlis, la jeune fille qui est partie avec Maëlle. Son histoire ressemble incroyablement à celle de votre fille, à un point que vous ne pouvez imaginer. Sa mère est anéantie.

Prise d'une soudaine inspiration, j'ai demandé s'il nous serait possible de la rencontrer. Montiron a botté en touche.

– Ça dépendra du juge d'instruction. Peut-être vous convoquera-t-il ensemble à un moment donné, pour une audition croisée...

Montiron et Bataglia ont pris nos dépositions, ils nous ont encore posé des tonnes de questions sur la période qui avait précédé le départ de Maëlle. Étrangement, je ne me souvenais plus de rien à propos de ces journées-là. Elles me paraissaient appartenir à un autre temps. Je ne me souvenais que de la dernière fois où j'avais vu Maëlle.

Nous sommes rentrées à la maison sans échanger un mot. Jeanne et moi nous étions repliées à l'intérieur de nous-mêmes, méditant, je suppose, sur ce que nous aurions, l'une et l'autre, dû faire pour éviter d'en arriver là.

J'ai prétexté une migraine et je me suis réfugiée dans ma chambre. Jeanne n'a pas protesté. J'ai refermé la porte derrière moi et j'ai allumé l'ordinateur. J'ai tapé « Daech » sur mon moteur de recherche. De lien en lien, j'ai fini par aboutir sur les sites que Maëlle avait fréquentés. J'ai vu ce qu'elle avait vu. Les enfants dans les ruines, les civils persécutés, et les prêches fanatiques, les images de propagande. Des pages et des pages de théorie du complot, à propos de choses dont même moi je n'avais jamais entendu parler. C'était comme si nous avions vécu dans deux pays différents. Comment ma fille avait-elle pu gober ces torrents de boue ? Est-ce que tous les adolescents croyaient vraiment à ces balivernes d'Illuminati, de Sages de Sion ? Étions-nous soudain devenus si étrangers les uns aux autres ? À force de surfer, j'en suis enfin arrivée aux vidéos d'exécutions. Je n'en revenais pas qu'il soit si facile d'y accéder. Je me suis forcée à les regarder jusqu'au bout, l'une après l'autre. Je voulais comprendre. Mais, au bout d'une demi-heure à peine, je me suis levée et j'ai foncé aux toilettes pour vomir. La tête me tournait. Les mots des policiers résonnaient sous mon crâne : Maëlle avait visionné des dizaines de fois ces films immondes. Jeanne les avait vus aussi. Comment avaient-elles pu ? Qu'est-ce qui ne tournait pas rond chez elles ? Je me suis allongée sur mon lit et je me suis forcée à respirer, doucement. Inspire, expire. Comme au yoga. Fallait-il donc que nous donnions si peu d'espoir à nos enfants pour qu'ils se tournent vers semblable barbarie ? Fallait-il donc que notre monde soit si malade pour qu'ils voient dans ces gorges ouvertes, ces bouillons de sang un projet salvateur ? Je me suis relevée, j'ai titubé jusqu'à l'armoire à pharmacie et j'ai avalé une poignée de somnifères.

Même si je savais que ça me faisait du mal, je me repassais en boucle le message laissé par ma fille, rien que pour ne pas oublier le son de sa voix. Rien que pour conjurer les images qui m'avaient brûlé les yeux, sur la Toile.

Maëlle n'avait pas rappelé. Elle ne l'a plus fait jusqu'à ce fameux jour où le téléphone a sonné dans la cuisine au moment où je préparais une tarte aux pommes.

AÏCHA

La tarte aux pommes, c'est bien, mais ça ne fait quand même pas tout. Bien sûr, Ayat avait compris que sa mère l'aimait, que son père l'aimait, que les siens tenaient à elle. Mais, dans les premières semaines du travail de désembrigadement, j'ai senti qu'il aurait suffi de pas grand-chose pour qu'elle reparte. Je pense même qu'on a été à un cheveu de l'échec, quand Céline m'a appelée complètement paniquée parce qu'elle avait surpris sa fille en prière sur son tapis et que Guillaume, son ex-mari, avait eu la brillante idée de lui suggérer de démonter la porte de sa chambre. Ayat avait demandé à rentrer en Syrie sur-le-champ.

La crise a duré vingt-quatre heures.

Céline était complètement bouleversée. Au téléphone, elle hurlait que Maëlle jouait la comédie, qu'en réalité elle simulait son repentir. J'ai eu tout le mal du monde à la ramener à la raison. Je suis parvenue à calmer et l'une et l'autre en les convoquant le lendemain. Séparément. Ayat a débarqué complètement tétanisée, en larmes. Elle n'arrêtait pas de répéter : « Je ne vais jamais tenir, je ne vais jamais tenir », en se tordant les mains. C'est là que j'ai vu qu'elle avait commencé à se ronger les ongles, elle avait le bout des doigts affreusement meurtri. Je ne pouvais pas imaginer un placement hors du foyer, d'une part à cause de la décision d'assignation à résidence du juge et d'autre part parce que, en dépit des lacunes familiales, je continuais à penser que Céline était mon meilleur atout. N'était-ce pas elle, après tout, qui avait réussi à la ramener ?

Il m'a fallu des heures, tandis qu'Ayat se berçait, bras croisés entourant ses épaules comme une camisole, pour lui faire entendre l'amour maternel de Céline. Céline, qui avait risqué sa vie pour aller la chercher en Turquie. Pour faire en sorte que son bébé vive. Parce qu'elle aimait sa fille, tout simplement, comme elle-même allait aimer son enfant. J'ai continué à lui parler d'amour, des heures, oui, des heures, encore et encore, et pour tout dire je n'ai parlé que de ça jusqu'à ce qu'Ayat desserre l'étau de ses bras pour tomber dans les miens. J'en tremble encore, quand je pense à ce qui serait arrivé si j'avais échoué.

Nous sommes revenues de loin, cette fois-là, mais rien n'était gagné pour autant.

Rien ne l'est jamais. L'embrigadement est un mot bien trop faible à mon sens pour décrire le processus qui conduit ces jeunes à abandonner maison, pays, famille pour rejoindre la barbarie. Qui les pousse à abdiquer leur humanité. C'est plutôt de rapt mental qu'il faudrait parler. D'emprise. Immatérielle, certes, mais dont les conséquences sont bien réelles. Le sang n'a rien de virtuel. Heureusement, en quelque sorte, la mort de Redouane nourrissait la rancœur d'Ayat à l'égard de Daech. Autrement, je pense sincèrement qu'elle serait repartie. Les relations avec son père demeuraient au point mort. Avec Céline, les choses se sont heureusement arrangées avec le temps. Surtout depuis la naissance d'Aamal.

C'est encore moi qui ai conseillé à Ayat d'approfondir ses connaissances religieuses. Il y avait très longtemps qu'elle n'avait pas lu. Elle a vite retrouvé le goût des livres. Cela, au moins, n'a pas été bien compliqué. Elle n'avait rien d'autre à faire, sans téléphone ni Internet ni droit de sortir de chez elle, pour meubler ses interminables journées. Elle a dévoré tout ce que je lui ai donné. Elle a notamment découvert le soufisme, un courant religieux de l'islam fondé sur la tolérance et l'amour. Au départ, elle a réagi en affirmant que ces gens-là n'étaient pas de vrais musulmans. Mais elle a peu à peu compris qu'il pouvait y avoir plusieurs interprétations du Coran. Et que le salafisme n'était que l'un des courants de l'islam. Qu'il était possible d'en choisir d'autres sans pour autant devenir un apostat.

J'ai su que j'avais véritablement gagné peu de temps après la naissance d'Aamal et les attentats de *Charlie Hebdo*. Maëlle désapprouvait les caricatures, ce qui était son droit le plus strict. Et elle n'était pas Charlie, selon ses propres dires. Elle trouvait que les dessinateurs ne méritaient pas la mort, mais qu'ils s'étaient mis eux-mêmes en danger. Je ne l'ai pas contredite. Ils avaient le droit de faire ces caricatures. Je n'ai pas non plus pris la peine de lui montrer la une du numéro qui a suivi les attentats. Le monde entier l'avait vue, elle aussi, sans doute. Mais un jour que nous discutions à bâtons rompus, juste après une séance, je lui ai demandé si elle avait déjà ouvert le journal satirique. Elle a haussé les épaules et m'a répondu :

– Pourquoi est-ce que je ferais une chose pareille ?

Je lui ai mis entre les mains plusieurs exemplaires de *Charlie Hebdo*. Elle les a feuilletés.

Elle n'a pas ri. Elle me les a rendus en murmurant pour elle-même :

– Enfin, c'est mal de se moquer de la religion des gens.

Il y a eu un silence gêné entre nous et elle a ajouté :

– Mais c'est quand même que des dessins. Ça vaut pas la peine de verser le sang d'un homme pour ça.

Puis :

– Là-bas, ils le versaient pour bien moins que ça.

AYAT

Fin février 2015

La plupart des gens ici se souviennent de ce qu'ils étaient en train de faire au moment des attentats contre *Charlie Hebdo*. Je n'oublierai jamais cette date non plus, mais pour une raison qui n'appartient qu'à moi seule. C'est dans la nuit du 6 au 7 janvier 2015 que j'ai perdu les eaux. Les contractions avaient commencé plusieurs semaines auparavant, en fait. Je ne voyais déjà plus mes pieds, j'avais tout le temps envie de faire pipi et j'étais devenue une vraie baleine vu que, en dehors de mes trois sorties quotidiennes, j'étais obligée de rester cloîtrée.

Quand le toubib s'est aperçu que mon col commençait à se dilater, il m'a ordonné de passer mes journées allongée à la maison, sans rien faire du tout. Pas folichon. Mais, au moins, les contrôles quotidiens à la gendarmerie ont été suspendus sur avis médical.

Et puis Aamal est née le 7 janvier à 11 h 32, avec trois semaines d'avance, à peu près à l'heure où Chérif et Saïd Kouachi ouvraient le feu dans les locaux du journal. Sa venue au monde a mis fin à mon interminable attente, à mon ennui. Je n'ai rien su de ce qui s'était passé à Paris avant le soir, quand, pour me changer les idées, j'ai allumé la télé, toute seule dans ma chambre. Alors j'ai vu les gens qui pleuraient, qui tenaient des bougies, et je me suis souvenue de cette sourate du Coran : « Celui qui prend une vie prend toutes les vies. » J'ai pensé qu'un an plus tôt, moins, même, j'aurais vraiment été fière d'être la femme de l'un de ceux qui avaient fait ça. L'un de ceux qui, probablement, mourraient en martyrs dans les jours suivants.

Mais ils avaient tué Redouane et, depuis, j'avais eu pas mal de temps pour réfléchir.

Trop, même.

Et Aïcha m'avait aidée, aussi. Mais le plus important, ce n'est pas ça, au fond. C'est autre chose, que la disparition de Redouane m'a fait comprendre. Tous ceux qui sont morts, il y a maintenant quelques semaines, quoi qu'ils aient fait ou dit, ils avaient des femmes, des maris, des enfants, des pères, des mères qui les aimaient et qui n'ont vraiment pas mérité de souffrir autant. Qui ont beaucoup de chagrin, une peine immense. Comme les parents de Redouane. Comme moi.

Comme les proches des dessinateurs, des policiers, de tous ces gens de l'Hyper Cacher, comme le père et la mère de Saïd et Chérif Kouachi. Comme la famille d'Amedy Coulibaly. Tenez, Hayat Boumeddiene, il doit bien lui manquer quand même, à elle aussi, son homme. Enfin, j'espère. Même si elle fait la fière au *Shâm*, maintenant. Je sais bien qu'elle est entourée là-bas, ça, pour sûr. C'est même une vraie star, à présent. N'empêche. Je me sens désolée pour ces gens qui sont morts. Et pour ceux qui les pleurent.

Je ne peux plus trouver une seule bonne raison pour qu'on perde un enfant ni pour qu'on tue quelqu'un. Surtout maintenant que j'ai mis au monde ma petite Aamal. « Aamal », ça veut dire « Espoir ». Au début, Maman n'était pas contente que je lui donne un prénom arabe. Mais son deuxième prénom, c'est Jeanne. Et son troisième, Céline. Elles ont pleuré toutes les deux quand j'ai dit que je voulais que ce soit comme ça. Je regarde mon bébé et j'essaie de retrouver les traits de mon Redouane sur son petit visage. Mais c'est à moi qu'elle ressemble le plus.

Quand on est rentrées en France avec Maman et qu'ils m'ont arrêtée à l'aéroport pour me mettre en prison, ça a été très dur. Je ne comprenais pas. Je n'avais commis aucun crime. Je n'avais fait de mal à personne, en dehors du chagrin que j'avais causé aux miens. Mais ça ne valait quand même pas de me retrouver dans une cellule. J'aurais été majeure, j'y serais toujours. Vous vous rendez compte ? Mon bébé serait né en prison. Alors que je n'ai rien fait, sinon enfreindre une interdiction de sortie du territoire. Il m'a fallu du temps pour comprendre que c'était grave, quand même, de partir comme ça avec Amina.

Quand on était là-bas, au *Shâm*, Redouane et moi, on n'était pas les seuls à vouloir revenir. Si beaucoup sont restés parce qu'ils avaient peur de braver les frères, il y en a qui auraient quand même pu se sauver. Mais ils savaient que, s'ils rentraient en France, on les mettrait en prison. Du coup, c'est devenu plus simple pour eux de rester.

J'ai eu beaucoup de chance de tomber sur Aïcha et la cellule de désembrigadement, à mon retour. Il y a une chose dont je suis certaine. La police a tort d'enfermer systématiquement tous ceux qui reviennent. On en récupérerait beaucoup plus s'ils étaient mieux pris en charge, si on développait des structures comme celle où

Aïcha travaille. C'est pour ça que j'ai décidé de l'aider, en témoignant auprès de ceux qu'ils ont embrigadés. Des jeunes comme moi, qui arrivent au centre parce que leurs parents ou leurs proches les ont signalés, parce qu'ils reviennent de Syrie et qu'Aïcha estime qu'il y a une chance de les remettre sur le chemin. Je le fais pour ça, et aussi parce que, quand je vais là-bas, ces jours-là, je ne suis pas obligée de pointer à la gendarmerie. On s'arrange avec Maman pour la petite.

Tout le monde devrait avoir droit au repentir. Surtout ceux qui n'ont pas fait grand-chose. Parce que, parmi nous, il y en a plein qui n'ont ni tué ni participé à des exécutions. Loin de là. Plein qui se sont contentés de faire les kékés en brandissant une kalach pour la photo, sur Facebook. Qui n'ont rien fait de plus qu'entretenir des ordinateurs, travailler dans une boulangerie, une cuisine, un magasin. Mais s'ils restent en Syrie, alors les probabilités qu'ils finissent par combattre, par torturer quelqu'un ou participer à un massacre augmentent tous les jours. Les risques qu'ils en persuadent d'autres comme moi de venir, aussi. Qu'ils se fassent tuer, enfin. Parce que, avec le temps qui passe, ils ont de moins en moins à perdre. Les roquettes qui leur tombent sur la tête avivent leur colère.

Demain, après-demain, il leur sera plus difficile de rentrer. Ils oublieront leurs familles. C'est déjà le cas pour beaucoup. Le *Shâm* est *devenu* leur famille. Demain, croyez-moi, ce sera pire encore.

D'autres vont venir. Il va y avoir de nouveaux attentats en France, je le sais. *Charlie Hebdo*, ce n'est que le début. Et moi, je n'ai qu'une peur. Que quelqu'un que j'ai connu là-bas soit parmi ceux qui feront couler le sang bientôt. Parce que la dernière chose que je veux voir, c'est ce sang. J'en ai déjà vu bien trop. Dieu ne peut pas vouloir tout ce sang, d'où qu'il vienne. Dieu ne peut pas vouloir que des musulmans tuent tant d'autres musulmans, même si les frères prétendent que ce ne sont pas des vrais musulmans, mais des traîtres à l'islam. Des traîtres, comme Redouane et moi. Ça me dépasse. J'ai une petite fille à élever, maintenant, et une vie à reconstruire. J'espère que je pourrai reprendre des études. Je n'ai pas renoncé à travailler dans l'humanitaire.

Ce matin, la gendarmerie a téléphoné. Je suis convoquée pour dix-sept heures. Maman a répondu qu'Aamal était malade. C'est vrai qu'elle a la diarrhée depuis dimanche dernier, qu'elle est tout le temps dérangée. Le brigadier-chef Montiron a insisté. Maman a finalement répondu que, oui, elle s'arrangerait pour rentrer un peu plus tôt du travail et qu'elle garderait ma fille le temps que je vienne.

Quand Maman est rentrée de Pôle emploi, j'avais déjà commencé à me préparer pour sortir. Elle m'a regardée en train d'ajuster mon foulard dans la glace avant de se détourner brusquement. Ce n'est même plus un *hijab* que je porte, maintenant. Juste un bandana mexicain de rien du tout. C'est encore trop tôt pour m'en passer. Je ne veux qu'une chose : qu'on me laisse tranquille. C'est ce que je me disais en allant à la gendarmerie.

Les contrôles avaient repris peu après la naissance d'Aamal, sauf quand j'allais à Paris voir Aïcha, comme je vous ai dit. Trois fois par jour, c'était déjà beaucoup. La convocation, je trouvais que c'était vraiment abuser, sérieux.

Je me suis présentée à l'accueil. Je n'avais même plus besoin de décliner mon identité, toute la gendarmerie me connaissait. Le gendarme Bournachon m'a escortée jusqu'au couloir où se trouve la porte du bureau du brigadier-chef. Je me suis assise sur un banc et j'ai levé les yeux vers le néon, observant les baisses de tension dans le tube. Il devait y avoir un faux contact, je me suis dit. Le couloir sentait mauvais, une odeur de transpiration et de vieille crasse. Beurk. Depuis la naissance de ma fille, j'étais devenue beaucoup plus sensible aux odeurs. Le temps que je réfléchisse à tout ça, Montiron a passé la tête dans le couloir.

– Ayat ? Tu viens ?

Lui, au moins, il avait fini par m'appeler par le nom que je m'étais choisi. Avec le temps, il s'était mis à me tutoyer, aussi. Je me disais qu'il y avait quelque chose de paternel dans son attitude. Quelque chose que j'aurais bien voulu trouver chez mon père. Et, en dépit du tutoiement, il y avait du respect également. Au fond, je crois qu'il m'aimait bien. Je me suis levée et je suis entrée dans son bureau. Il s'était déjà assis dans son espèce de fauteuil de directeur à la noix. Il a levé les yeux vers moi, des yeux étrangement clairs.

Il a demandé d'un ton détaché :

– Ton mari, il s'appelle bien Redouane Noubissi ?

– *S'appelait*, j'ai souligné. Il est mort.

Montiron a vraiment eu du mal à masquer le sourire qui était en train de s'épanouir sur son visage.

– Non.

*

Plusieurs mois se sont encore écoulés avant que j'aie le droit de rendre visite à mon mari à la prison de Châteaudun. Avant qu'il ne me raconte comment il avait miraculeusement survécu. Il a fallu qu'Aïcha témoigne pour moi, et ma mère, mon père, ma sœur, Montiron, bref, tout le monde, pour que le juge d'application des peines se persuade que j'avais cessé d'être un danger potentiel pour la sécurité nationale, que Redouane et moi n'allions pas planifier un attentat. Entre-temps, je m'étais inscrite à des cours par correspondance.

Mon idée, c'est de passer le concours pour entrer à l'école d'infirmières si j'ai mon bac à la fin de l'année. J'ai aussi pu mettre Aamal à la crèche, même si ça n'a pas été facile d'obtenir une place.

C'est Maman qui nous a conduites à Châteaudun. On a pris la rocade jusqu'au rond-point où on voit la prison. C'est un grand bâtiment tout neuf, avec de hauts murs en béton. Autour, il n'y a que les champs. Moi, ils m'avaient mise au Mans. C'était moins moderne. Mais j'ai retrouvé les mêmes réflexes. Les papiers qu'on passe par le tiroir à l'accueil. Les affaires qu'on laisse dans le casier. La première serrure. Le claquement si caractéristique de la clenche électrique, une fois, deux fois, trois fois, dix fois, les grilles, les cris des détenus qui résonnent, les caméras, partout. L'odeur. Le parloir, enfin, et mon cœur qui battait tandis que je serrais mon bébé contre moi, de toutes mes forces, comme si son innocence allait me protéger de la violence du monde. J'avais peur. Peur de revoir Redouane. J'avais fait mon deuil. Il m'avait fallu longtemps pour admettre qu'il était mort. D'autant plus longtemps que je n'avais jamais vu son cadavre, que je n'avais jamais eu de tombe sur laquelle me recueillir. Et voilà que j'allais me retrouver devant lui. Que j'allais devoir me réhabituer à lui vivant, ici, en France. En prison. Est-ce que celui que j'aimais n'était pas resté là-bas, allongé dans la poussière et perdant son sang ? Oui, j'avais peur. De ne plus l'aimer que mort. D'être incapable de refaire tout ce chemin à l'envers. J'ai sursauté. Le gardien était en train d'ouvrir la porte. Redouane est entré et m'a regardée. Il boitait. Il avait beaucoup maigri, la barbe lui mangeait le visage. Il m'a souri. J'ai tendu Aamal, à bout de bras.

– C'est ta fille. Regarde, Aamal, c'est ton papa.

J'ai vu une larme perler sur ses cils. Il l'a essuyée rageusement du poing.

Puis il m'a raconté.

Quand il avait entendu les tirs, le vieux à la camionnette qui nous avait déposés près de la frontière avait fait demi-tour, aussi incroyable que ça puisse paraître. Les frères l'avaient touché, puis ils s'étaient lancés à ma poursuite. Le temps qu'ils reviennent, le vieux avait chargé mon mari en sang sur le plateau de son pick-up et il l'avait caché avec une couverture usée. Puis il avait foncé vers la Turquie. Les gardes-frontières le connaissaient aussi bien que les frères et ils l'avaient laissé passer. Le vieux avait déposé Redouane, inconscient, devant les urgences de l'hôpital d'Urfa avant de disparaître sans demander son reste.

– Les frères ont dû se douter que c'était lui qui m'avait ramassé. Mais ils n'avaient aucune preuve et, surtout, ils n'allaient certainement pas avouer à leurs supérieurs qu'ils nous avaient laissés filer. Alors ils n'ont rien dit. C'est ce que m'a raconté le vieux en riant. Parce que, tu ne vas pas le croire, mais il est même revenu me voir à l'hôpital. « Que veux-tu qu'ils me fassent ? il me disait en haussant les épaules. Qu'ils me tuent ? Mais je suis vieux, de toute façon. » Il s'appelle Ahmed. Je lui dois la vie.

Aamal s'est mise à babiller. Il faisait très chaud pour un mois de juin. J'ai passé un mouchoir sur son front pour en essuyer la sueur, tandis que Redouane poursuivait son récit.

– Mes yeux s'étaient fermés tandis que tu fuyais. J'étais certain de mourir. C'est la douleur qui m'a réveillé. Ils m'avaient atteint au flanc et à la cuisse gauche. D'après les médecins, j'ai vraiment failli y passer. Je ne sais pas combien de temps je suis resté à l'hôpital mais ça a duré des semaines. J'ai vu des dizaines et des dizaines d'hommes arriver avec des blessures de guerre. Certains, sans doute, étaient même des frères que les Turcs soignaient. Heureusement, je savais par le vieux qu'ils ne t'avaient pas prise. Dans ma tête, je cherchais un moyen pour te retrouver. Je me disais que tu avais dû réussir à rentrer en France. Je comptais les jours qui me séparaient de la naissance de notre fille. Dès que j'ai pu marcher à peu près, je me suis mis à aider, du mieux que je pouvais. Ils manquent de bras, là-bas, avec tout ce qui se passe, tu peux me croire. C'est comme ça que je suis devenu copain avec tout le personnel et qu'en mars j'ai fini par rencontrer un médecin français de MSF qui connaissait l'ambassadeur de France à Ankara. Ils se sont débrouillés pour me faire sortir, et tu connais la suite. Une fois arrivé à Roissy, ils m'ont coffré. Ils m'ont mis ici, plutôt qu'à Chartres, où il y a ma famille. Je sais pas pourquoi. Mais les miens viennent me voir quand même. J'espère que je pourrai bientôt sortir !

Nous nous sommes étreints maladroitement et je me suis retrouvée dehors, complètement désemparée, au milieu des champs de blé, à perte de vue, de la Beauce. Un chasseur de la base aérienne voisine a décollé en hurlant. Je me suis dit qu'ils s'entraînaient pour aller bombarder le *Shâm*.

Quand Redouane sortira, il retournera chez ses parents à Chartres, tandis qu'Aamal et moi, on demeurera au

Mans. Il m'a dit tout à l'heure qu'il s'était inscrit pour passer un CAP de cuisine.

Maman m'attend dans la voiture. Quand je repense à tout ce qu'elle a fait pour moi… Venir me chercher là-bas, et tout. J'espère qu'elle a mis la clim pour qu'Aamal n'ait pas trop chaud sur la route. Elle ne m'a toujours rien dit à propos de Redouane. Depuis qu'on a appris qu'il était vivant, rien, pas un mot. Je crois qu'elle attend de voir. En fait, je ne sais même pas ce qu'elle pense. Ni si elle a hâte de connaître le père de sa petite-fille. Des fois, je me demande si elle est déçue par moi. Maëlle n'existe plus. Ils l'ont détruite. Certes, j'ai retrouvé ma mère, ma sœur… Mais Jeanne m'évite. Elle a un petit copain, à présent.

J'ai un mauvais sommeil. Je fais beaucoup de cauchemars. Je vois des têtes coupées, des morts. Des pans de mur, des vestiges de maisons pilonnées par les bombardements. Si quelqu'un claque une porte un peu trop fort derrière moi, je sursaute. Aïcha dit que c'est le stress post-traumatique. J'ai des montées d'angoisse, j'ai souvent envie de pleurer. Mais il y a une chose que je sais, désormais. Même s'il n'est pas tout blanc, le monde n'est pas non plus tout noir. Et si je ne suis pas très optimiste quant aux temps à venir, il y a Aamal, et je dois la faire grandir dans le même amour que celui dont m'entourent maman, Jeanne. Et même Papa à sa façon. Il faut que j'accepte tout ça, et aussi, et surtout, que la perfection, l'absolu que j'ai cherchés sont une illusion. Un mirage pour lequel j'ai été prête à donner non seulement ma vie mais, bien pire, celle des autres.

La Canourgue, Lozère, le 26 décembre 2015

Pourquoi j'ai voulu écrire l'histoire de Maëlle

Les martyrs portèrent atteinte à la vérité. [...] Ils tracèrent sur le chemin qu'ils suivaient des signes de sang, et leur folie enseignait que la vérité se prouve avec du sang. Mais le sang est le plus mauvais témoin de la vérité ; le sang est un poison qui change la doctrine de la culture en délire, en haine des cœurs. Et quand on irait traverser le feu pour sa doctrine – qu'est-ce que cela prouve !

Friedrich Nietzsche, *L'Antéchrist*

La même semaine, en janvier 2015, j'ai perdu un ami, Michel Renaud, dans les locaux de *Charlie Hebdo*, et j'ai appris que le fils d'une amie de ma fille, qui n'avait jusque-là aucun rapport avec l'islam, avait rejoint la Syrie pour s'engager dans le *jihad*. L'onde de choc provoquée par ces deux événements a fait naître en moi le besoin immédiat d'une réponse par les mots.

J'ai écrit les premières lignes de *Et mes yeux se sont fermés* au début du mois de février 2015.

Je l'ai achevé peu après les attentats de novembre 2015 à Paris.

L'intrigue se déroule entre la France et Raqqa, en 2014. Si cette histoire devait être racontée en 2016, elle serait sans doute autre, notamment parce que la situation empire chaque jour à Raqqa, ainsi que les médias s'en font quotidiennement l'écho.

Très peu de femmes reviennent de Syrie. Une adolescente, enceinte comme Maëlle, est pourtant récemment rentrée, prouvant aux plus pessimistes que, comme dans ce roman, le pire n'est jamais certain.

Patrick Bard

Pour la rédaction de *Et mes yeux se sont fermés*, l'auteur s'est abondamment documenté à des sources que les lecteurs pourront retrouver sur le site www.syros.fr/blog. Pour autant, les personnages qui peuplent ce roman sont d'encre et de papier, nés de son imagination. Ni Maëlle, ni Redouane, ni aucun autre des protagonistes de cette histoire n'a d'existence réelle ailleurs que dans son esprit.

REMERCIEMENTS

Que soient remerciées ici Natalie Beunat, toute l'équipe des éditions Syros pour leur soutien précieux, ainsi que Marie-Berthe Ferrer pour sa présence de tous les instants et ses lectures attentives.

Spéciale dédicace et grand merci au camarade Jean-Hugues Oppel.

L'auteur

Patrick Bard est romancier, écrivain-voyageur et photojournaliste. Les frontières et la question des femmes sont au centre de son travail. Son premier roman, *La Frontière*, a reçu le prix Michel-Lebrun (2002), le prix Brigada 21 (Espagne, 2005) et le prix Ancres Noires 2006. Il est l'auteur de six romans aux éditions du Seuil. *Orphelins de sang*, sur le trafic d'enfants en Amérique latine, a été récompensé par le prix Sang d'encre des lycéens 2010 et le prix Lion noir 2011. En 2015, il a publié *Poussières d'exil* (Seuil), couronné par le prix 1001 feuilles noires, et *Mon neveu Jeanne* (Loco), un essai documentaire sur la question du genre.

Loi n° 49-956 du 16 juillet 1949
sur les publications destinées à la jeunesse,
modifiée par la loi n° 2011-525 du 17 mai 2011.

Mise en pages : DV Arts Graphiques à La Rochelle
N° éditeur : 10216893 – Dépôt légal : août 2016
Achevé d'imprimer en juillet 2016
par Normandie Roto Impression s.a.s.
N° d'impression : 1601947

MIXTE
Papier issu de
sources responsables
FSC® C022030